小川佳世子歌集

SUNAGOYA SHOBŌ

現代短歌文庫
砂子屋書房

『ゆきふる』（全篇）

V

自撰歌集

歌論・エッセイ

解説

小川佳世子歌集

『ゆきふる』（全篇）

I

病棟の窓

病棟の廊下にひとすじさすひかりたぶんなれてはいけないところ

わが腹に触りし後に消毒の液に君が手浸す音聞く

三十年前の傷跡消えぬうち再びの傷写経のごとし

大文字妙法左大文字確認しつつ廊下歩行す

椹木町《さわらぎ》通りを渡る廊下なりC病棟からA病棟へ

二種類の看護師さんのいはるのはマスカラありとマスカラなしと

絶食で検査を待って昼を過ぎまだ当事者感覚が来ない

カーテンを開けて朝ごと来る人を待つ平安の宮廷のよう

血管が、喉が、膵管が細いとぞ言われ続ける糾弾と思うな

外泊をできず残され病室で休日の医師の暮らしを思う

退院しさっそく出てみる散歩にてああ自動車に当たってはならぬ

穀物のために降る雨眺めつつやわらかごはんをゆっくり食べる

さくときもさかないときもさくらの木　パジャマの時のほんとうの恋

世阿弥忌セミナー

文字ならば部屋に今でも容れられて郵便物は戻って来ない

ナイフかと思う角度にケイタイを持ってこちらへ来る中学生

まわるたび深く氷を傷つけて影は濃いほど光を支える

鏡さえ割れる自由のあることを　波頭きらめき打ち寄せてくる

一回も教授にならぬ一生だ遅れて入るセミナー会場

十年の、誰の仕打ちか今回はセミナーハウスには泊まらない

すべてから抜ける感じを思いおりひとひら落ちて消えし花びら

火をはなつほかは

火をはなつほかはなかった幽閉の無明の洞はさむすぎたのだ

画の隅にはんぱな笑みのおとうとの不幸はとてもわかりにくくて

ふるものは雨だけなりし昨日までまだ眠たさの沼を出られず

なすすべもなくとけてゆくこころかな床に氷は置かれたままで

いたいならやめてと言えば良かったと言うな壁には耳がないのだ

親切に連れてゆかれし神社にて凶のみくじをひいたような感じ

雨粒のような汚れのある道に日傘の人の影うつりたり

新しい雨はふらぬかひんやりと燃える家族にふりそそぐ雨

ナラティヴ

秋の陽の付録のようなものかなあ金木犀の香りする夕

胸を裂く傷跡として留まれる紅葉をひとひそのままにする

もみじへと続く渋滞　放駒親方というすがしき名前

ゆきふるという名前持つ男の子わたしの奥のお座敷にいる

ひとりってすごい誰とも違うこと考えたっていいってことだ

虹色の弟だった熱のある時にきまって夢に見たのは

濁流の底ははるかにほんとうは水はこわくてしかたないんだ

まだ途中だけど見上げる雲の中にもう雪は降る、遠くまで来た

語られて過去はかわると思う時とおくはちすの花ひらく音

送り火が消えて松風吹く庭に残され我はまだここにいる

バス停の名に続きたる歌枕心の果てに行きしことなし

あの夏にみずからドアを閉ざしたと赤信号に止まって気づく

ひだりてでおもいでをかくひとたちのかおにいつしかほほえみがある

振り返り振り返っても我が庭に人影はなくほほえみはない

エイジレスセルフといえるものありと教えてくれた人のいた夏

台風はみずからの名を知らず過ぎ名のりてのちにそれになる我

雲うすくなりつつ夏の終わりにて生まれる時にかなしかったか

そんな一日

バラ園に消える二人を見送りぬ左手はまだ冷やしたままで

生活はガラスの向こうに隔たりて女ざかりのなさこそは蜜

ぐさぐさと潰したままの苺パイ胸にしまって春がもう来る

ゆらぎつつ桜並木に目をあげず昼の電車にさびしい乗客

朝戸出にとなりの家の赤ちゃんの笑顔に会ったそれだけで風

一年で忘れてしまうそのひとつこの木も桜の木であったのか

君からのハガキ四通重ねても明朝体の涼しさのまま

鯉幟の口だけふたつ見えている丘のなだりの集合住宅

会合中いくたびか名を呼ばれしを恩寵として夜の戸外へ

阪神が延長サヨナラ勝ちをした観世栄夫のもういない今日

なわとびの縄のこちらでいつまでも跳んでいるうち日が暮れている

脚韻の下草に露ふりしきり月夜の森に僕はいるから

四年ぶりの一時帰国。姪は十三歳。

ねえ急に虫がこわいのどうしてと問いくる姪よゼリーみたいだ

世界より家族だ兄はアメリカという綿菓子に一本の箸

献血のできない三人家族にも「選挙のお知らせ」三通が来た

家じゅうの暦すべてにひまわりがある八月に見ないひまわり

三年半上司だった
「御家族はどないに言うてはりますかあ」職場がいやと縋りし我に

終点まで

好きだったのかもしれない人の子にあう日の曼珠沙華ゆれている

駅ごとに黒服の人乗ってくる地下鉄それも終点までだ

父に淹れてもらったお茶の話など食後の凪に入れない鳩

憎しみを愛にかえても悲しみはかなしみのままのこる昼月

手に荷物を持たずに前をゆく君の半袖の腕のようなぬくもり

対決の時は近いと聞こえたが知らぬまにのりこしていた駅

冬の空はるかむかしに放たれしわたしの魚はどこにいるのか

捲るたびめくるたび見る「出家」の字古文実践模試の答案

百合と分け活け直すとき薔薇の花はすでにはつかに傷みておりぬ

なかぞらはいずこですかとぜひ聞いてくださいそこにわたしはいます

冬の混乱

いただいた百合は白くはなかったが、なかったからこそあたたかかった

札束という具象にて花という抽象を殴ることはできない

日章旗を背に講演をする父の写真ぱたんと倒ししも昔

かまぼこの板にかまぼこ残らない　欲しがる犬もいない歳末

鴛鴦のあなたは女の子なのですね茶色い背の羽が暖かそうで

聞く人としてしかここにいられない　夜に入って百合は毀れた

あさいのでとてもくるしい水平に胸に刺しゆく針のごとくに

ここにいていいんですよとくりかえし声をかけてもとける雪片

折れるならこころゆくまで折れよとぞ残りしお香の柱を崩す

はじめから解散していたチームにて終えたペナントレースのようだ

感性をよそにあずける　水たまりのような落花をふみながらゆく

職場ではやさしくされて友だちもいい人ばかり、また言っている

愛宕山

ともかくも〈わたし〉をここまで連れて来
た府内一番高いここまで

ここでしか会えない花に今会って別れ惜し
まずくだりはじめる

くだるしかない時見える土と木と自分の足
と土と木と足

くだるしかないのでそこにわたくしも私も
我もなくなりにけり

昨日居た山のてっぺん西側の窓より見える
いくたびか見る

Ⅱ

窓の中で

ゆりの木と君が言う時その下に大きく開く
相聞の闇

烏丸のカラスの文字の空白に落ち込んでゆ
くプラットフォーム

録音の祇園囃子は終わらずに京都らしさと
こわさとの差は

廃庭を見降ろす時に木の隙にときおりよぎ
るいにしえの人

星形の断面を見せキッチンの床に散らばる
オクラの一生

感興の湧かぬ真夏の新聞に僧侶募集の求人
広告

暑さゆえ機嫌の悪い友人とフッーにマンゴ
ーアイスを選ぶ

熱帯びる日傘の骨を折る昼に海に木の花開
くであろう

おたがいに嫌いな人の孫たりし幼児むっつり写真の中に

石鹼の角がようやくとれてきてラクダの背にゆれている夢

雲間より胸に降りつむ光線の割れるかすかな音をこそ聞け

ヒラキ

水道は自分で締めるそのようにこころも閉めていたのだろうか

イグアスの滝をあなたが見た時にわたしはちょうど吐いていました

簡単なようできつくて大切な仕舞の型のひとつが「開キ」

浴室のくもるガラスに自由と書きすぐに消えゆくさまを見ており

カザフスタン生まれの米国人夫妻庭を非常にゆっくり歩く

非正規

「非正規」とくりかえし言うただしさがただしくないと幾人が知る

新聞の「変革の時代」という活字予報どおりの雨に濡れおり

はだか木をはつかにゆらしたのは風、きらいはくるしいすきはうれしい

すばらしい日なたでありし日曜をなぜ逃げたのか思い出せない

太りゆく雲に背中を向けているもともと居てもよい人だから

笑わない一日をすごし帰ってもけやきの森はむかえてくれる

もう一度本気になって産まれれば安心感をいただけますか

しがらみやしばりやしきりしきいとかしのつく雨は好きだけれども

橋を渡る娘たちはみな髪まとめくずもちの中のあんこのごとし

ボーナスを貰える人が通り行きやがて貰って帰り来る道

風のせいばかりではなく揺れやまぬ今日のからだは木とは呼べない

何処からもよそさんやからこれ以上うちなるとこもないんとちゃうか

ねむれないままに用なく外へ出づ　欅並木は噴水の列

アルキもう読みましたかとピエールはやはりHを発音しない

大笑いせし後友を送り出し明菜の震える声に戻りぬ

抱きしめるべきものをこそ　風通すけやきの枝と枝との広さ

劇薬を受け取りそばに置きしまま冷えし弁当ひとり食べおり

二—一三教室

せんせいがすきですとメモ少女よりもらい
ひとよの夢はかないぬ

消すほどの私なければ何者かわからぬ人に
投票もする

演劇学研究室をついに辞す「父親殺し」の
演習終えけり

山の端にはつか欠けたるひとところ今日も
変わらず欠けたるところ

夜は川朝の岸辺に着く前のいつ百合の香を
聞いたのだろう

正面の木だけ落葉し終わりて私の木なのに
／ゆえ、と笑ってしまう

ともだちの来なかった夜終えるためケーキ
二つを食べ終えにけり

終わるゆえ時はたのしい最終日の線路わき
にはさざんかが咲く

内臓はいつも日影にいるけれど温もってい
る殊に心臓

はじめから鏡に傷は付いていた、かもしれないのしれないがいい

まっすぐにこちらを向きて開かんとしている百合はうれしくこわい

ここへ来て開いてくれてありがとう　愛はいつでも少し間違う

ともだちがほしいと書きし学生を見のがしたまま教室を出づ

みずうみの位置の動きしここちして旧館までを歩く冬の日

転居一年

浴室の「通話」ボタンを押してみるだれとも会わなかった日の夜

お坊さまと交際をする十二月のごとくに過ぎし時にてありき

洗顔の後にしばらくタオルあて泣く真似をしてはじめる朝

リンパ節のごとく、だろうかスパゲッティの奥に逃げゆく青豆を追う

五ヶ月はケヤキがはだかになっていて窓から見える手術室の窓

身が骨を離れるごときさびしさを匿ってきてたぶんまだ居る

恋ゆえのことと後世記される人であろうか目の前のひと

夜のうちに消えないようにカーテンを開けて葉影を確かめて寝る

なぐられる直前にかたくなるからだみたいであった今年の春は

はじまりてすぐ大雨になる『日記』閉じしは昨夜、今朝渡る川

ゆりこちゃんの海が見えたよ目を閉じてケヤキの枝の横にいた時

一切の予断を叩く雨脚の強さを受けて動じぬ青葉

どしどしと怒りが応募されてきて居続けるので起きられずいる

午前一時泣きつづけてる赤ちゃんの居場所は昼と夜から自由

論文の脚注がイヤ生没年（　）で括る生涯もいや

太陰暦組合などを作りたしバリの新月語りし君と

白百合のたおれているは白鳥ににているとのみ思いて過ぎる

北方

どうしても板書できない妻の字を「うわなりうち」を説かんとしても

送りつける、ことはおそらくないだろうハラスメントの記事を切り抜く

「禁水」の貼紙はがれつつぞありラボラトリーの廊下は暗し

屈託があるのではなく屈託がわたくしであるだから今いる

広げればとても大きな地図があり鶏もも肉のような秋空

泣く時に左手首がいたくなる　気がついたのはいつだったのか

何につけ深くなる秋を耐えんとし木は葉を落とし軽くなるのか

月は一つ影は幾億何億の人の心にひとつ照る月

冬の陽は道だけに伸びガラス窓をへだてて暗き昼の室内

PRINTED MATTER ばかりの来る冬に手書きのように枯れ葉は落ちる

時々は滝もベッドに横たわりたいと思いはしないだろうか

学生用チラシを貰えない時の業者のなめし皮のような目

負を糧にきてもし勝ってしまったら途方に暮れる広きくさはら

「北方」の記事をさがすという仕事課した上司をこのごろ見ない

Ⅲ

日常

福島の人と会うこと今春の一番大事な予定たりしに

水は悪くないと思う　誰も誰も自分を責めなくていいでしょう

取り戻すものとは何かわたくしは何かを取っていたのだろうか

療養も日常なれば笑いたく『おたんこナース』を一気読みする

以後はやはり違うと思う信号の明るい光見て止まる時

面談は月末にあるしろたえの「スワンの恋」を早く読まねば

レントゲン撮影の時かけられる「息を吸って」の声にやすらぐ

肋骨の間を開けと夏欅は教えて黒き枝を空へと

過ぎてゆく時間をつつむあたたかさ「ひにち薬」と君が言う時

「ゆる酢」というネーミングなどどうだろう一滴一滴からだにたらす

絶景が恩寵たりし病室を去りて小暗き部屋に戻りぬ

東山見えなくなりぬしかれども朝光の襞を長く忘れず

華《はな》の音の開くかんじのひろびろと冷やし中華の注文つづく

出口

「大文字」について京都を責めないというコメントが京都版にだけない

なにゆえにパジャマに柄はあるのかと思うような大いなる問い

世代論は文学的ではないと説く君の隣にあたたかく居る

出口さえ決まればこわいものはない壁のチラシは見ないで歩く

でもこわい　そのたびこわい教室の入口の
ドア開く時には

パン屋

カダフィ死す　何のたとえかわからぬが老
い深まりぬ秋と父との

返信用レターパックを一つずつ減らしてい
ると月が肥えてた

いま枝を離れてゆきし一葉はかつては春の
新芽にてありき

保険証はこんなに小さくなったのか残す臓
器は我にまだあり

こわかった　半年がたち店内のあかり明る
いパン屋の門で

感じてはだめだったのだ　入院日決まりし
直後の波を見てより

「御家族はどなたも間に合いませんでした。」

全然かまわないとぼんやり

ポケットに両手を入れたままされど見つめるブルゾン姿の誰か

ほんとうの人はずいぶん遅刻して虚構の人は間に合っていた

月が川を渡りおわってしまう時町中の鳥は目を瞑るだろう

ひととせを使わなかったはらわたのような白さの今朝の北山

新しき片恋欲すからだなりあまたの針と液に囲まれ

はらわたをいくど断ちてもまだなにか切れないものはそのままにして

つくづくと見上げる形の冬欅を見上げて寒はもうすぐ明ける

とこしえに苦しき時は終わらぬと思いしは昨夜時は過ぎけり

看護師の表情の無さに救われる予期せぬことのばかり起こりて

とりあえず出さなくなりし封書よりやぶれぬように鳩をはがしぬ

庭

雨の来る前に出かけていたいのにいつまで
居てもあなたが来ない

私には桜は御室桜やしソメイヨシノはよそ
さんやなあ

こどもにはうからは時に国である　はじめ
から無い好きだった庭

「アメリカのライスはインディペンデント、
一粒ひとつぶばらける」と聞く

違う国みたいになりぬ花終わり緑の色の多
過ぎる庭

おじまでも亡くなり手放される庭　もとよ
り違う家族の庭だ

内外に開く宅配ボックスが操作ミスにて両
閉じとなる

一晩を開かぬ宅配ボックスの中腐りゆく何
かなまもの

責められもほめられもしない瞬間にものの
力を抜いて立ってた

はてしなくゆるしいくども戸を開けるいつか南の庭に出るまで

受けとることなど

祝福の蓮をただちにたたく雨に開いた花はただ濡れている

胸の水は外に流れて行きなさいつららは内を刺さないように

深緑色のスカート見せたくて面はふせつつ会合に行く

目的の無い行動の楽しさよ擦れ違う時「散歩」とのみ言い

居心地のいい水たまりをくれし君、なんぼ愛想なくてもええわ

スカートと反対向きに広がって雨の木はただ立っているだけ

新しき始まりと書く一日目同意反復おそれていない

おのずから夏は収束するものを虫の音しげくなりゆくものを

月が大きすぎてさびしいさびしさを感じぬと言う人とわかれて

並木の葉が巨大に見えるああなんだわたしが泣いていただけだった

就職が決まりましたと告げてくれる相手で居られて　出産のよう

小金井のネズミモチの木の蜂蜜を掬うお匙は朝陽をはじく

片栗粉の一番軽い袋買い片栗の片を見続けている

またのびた観音竹を切り刻み葉先の散らばる床に座りぬ

名月はわれの部屋から見られない　でも眠ってるあなたを照らす

店を出て降っているのかいないのかさしかけられているのか傘は

受けとめる側にいること慣れなくてともかく足を踏んばっていた

変わり目

変わり目にどこにいたのか旧館の窓に木枠のかたちにあかり

金本の引退知らず逝きし人　金木犀の今年の香り

あう前に余るだろうか足りないか四十五分はのびちぢみする

ブロッコリーゆでつつ人を待つことなく誰かにゆでてもらった緑

十二月と間違う街の霜月に赤と緑と星は溢れて

紅葉の下行くひとよ皮膚という殻となか身は合っていますか

延縄に懸かったような一日をせめて沈んだままで眠ろう

かわいそうに大変やなと繰り返す「かわいそうに」と言わない母に

あたたかき月の光と気がつきぬ鵺のおなかにいつも居る月

母あてのメールに絵文字を溢れさせこれで
良しとぞ送信をする

便せんの罫線の間が広すぎてさむい　夏に
は気付かなかったが

枝振りはすなわち風のかたちなり冬の心に
立つ落葉樹

水たまりをさける姿はやさしいです、男子
学生の解釈やよし

ステントとチューブとへびの違いなど思っ
ているうち時間が過ぎる

新月の夜に願いを書いてみてひらがなのほ
うが叶う気がする

具合の悪い雲

午後五時は一つの季節の拠りどころこんな
にあかるいこんなにくらい

四隅取る試合経過はあきらめてオセロゲー
ムの箱をしまいぬ

読み終えて雪に気がつく小説にインターネットは出てこなかった

局所的に解き放たれる場所もあり即日完売来春入居

目の前は日だまりの庭ただひとり縁側に居たあの日のこども

ライナスの毛布のように持ってます君にもらった風の痕跡

肝心なことはどれだけ捜しても見つからないよ閉め切った窓

アドレス

さびしさの甘味は閉じて味わって癇癪暴発させたりせずに

忠告をするやつなどは次々と遠ざけてきて今ひとりの父

大丈夫と知ってはいるがカーテンを開きたくないこのごろの朝

咲く時に花は頑張るのだろうか　がんばりますと言うのに飽きた

わが部屋の前の木のみが芽吹かない　私が影でごめんなさいね

声優の声は肉とは違うものそんな気がする「好き」と聞いても

電話口のあ、は私を知っている光を開き届き来る音

逃げきれない場所のひとつとして思う体の中というアドレスを

グリーンカードを取得するよと言ったまま何処に居るのかわからない兄

その暗さ抱くようにして臓器持つ心が戻って来られるように

いくつかの臓器は逃してあげたのか　やっと開いた花水木見る

Ⅳ

うからのから

寄せ返すみずうみの波くるしくて川が無ければ、おりてくるくも

父に内緒母にはほめてもらわねばならない苗を根こそぎ抜こう

地面へと一方的に垂れる藤からまる何かを長く夢見て

陽の光そこだけに射すリビングにからだばかりがあつまっている

川沿いにマンションはまた増えていて逃げられないが「酸素水」飲む

まだ何も書かれていない白紙《しらかみ》のうらとおもての間のところ

まぼろしのまごにまかせてしばらくはまどろみましょう花のうてなに

大昔こどものわたしがほうむったわたしのこどものほほに光が

食べるたび少しこころを殺してる涙の形の
イクラやたらこ

はりついてとれないからだゆでる時かきま
わすのを忘れたからだ

組としているにあらねばにんげんの置き場
はひとつひとつのからだ

木と暮らす　それだけ言って飛び出した姉
であったと言われてみたい

取り出せば光も雨もふるでしょう　ポスト
に入れておいてください

あたる

南座はくる年ごとに当り年勘亭流のまねき
はあがり

祝福はわたしにはなに近づいて脱げれば冬
もあたたかいけど

まちなかで降りたらきっと晴れやろう濡れ鼠
のままバス停へゆく

蝶なのに茶色い二匹が窓のすみをよぎった
ようだがなにもなかった

瞬間と同じくらいの永さかなみんな同じと歌えるまでの

き

「木と暮らす」と詠みいしことがほんとうとなりてあぜんと窓際に立つ

縷々述べてまいりましたがもう一度だけ言う「深く傷つきました」

いまだ名を知らぬ御庭に朝ごとにすがたを変える木だけが家族

水門がどこにもないというのなら木の間に見える池として居よ

あきらかに日暮れが早くなってきて話したくてする予約の電話

このごろは毎日木の絵を描くけれど実を描くことは思いもよらぬ

木の気配水の気配は打ち寄せるぷらーなぷらーな窓を閉めても

どのようにこわれてもいい葉を落とし冬の大空見せてくれる木

ゆっくりと立ち上がる時つかむならどんな花でも木でも草でも

さくらではないそうなので春まではここに居なくてよいのか、そうか

新作能《夢の浮橋》にワキは出ない

まはだかの浮舟の舞うかたわらにワキ座の板は白く光りぬ

両岸に人はいるはず橋の上にたしかに呼ばれて今ひとり居る

人々のこころに木立のあることにささえられつつこの部屋を出よう

うららうら

しんさいのしの字も出ない朝陽射すがん治療拠点病院病棟

五年前は別の箇所に、「もう安心」の検査のはずが

またか、と思いてすぐの大震災　心置く場所見つからぬまま

「五十年生きたんやからまだまだや」相談したのはたしか科学者

言いつのる互いにどちらが重症か聞きたくなくて閉じるカーテン

おとなしい人やと噂されしのち落ち込んでいるということになる

おおらかになれないわれの静脈のいのちに別状ない病状の

もう四十年ほど前の

放射線治療のせいといくたびか聞きたりいつも小声にて聞く

現在の放射線治療とは全く違ったらしいし

不確かなことは言うまいありがたくとおくにかすむコバルトブルー

四月十七日は福島県在住の玄侑宗久氏を招いてのシンポジウムのはずだった

わたしもまだ無理だったしと思うのはいけないことか、たぶんいけない

また臓器を減らしてしまううつそみのうらさびしくもしのぶうらうら

はらわたは勝手に助け合っている頭上に雲の晴れない時も

雨の木を見にまた帰るかえってもよいかどうかはそのままにして

そこのみが夕凪のよう入院をくり返す若き
人の横顔

さ　ら

手術していくつ臓器を亡くすのか知らされ
なかった十二歳の日

放射線治療をどうして受けるのか聞かされ
なかった十三歳の夜

十三歳でさらわれた子たちに言わないで「娘
時代のたのしさ」なんて

知らないと居ないと死んでいることの違い
をうつすごく薄い雲

四十年のちに残りの肝たちに洪水および真
夜中の手術

目の前はほとんど暗く手術室に入るときぼ
んやり「生まれていない」

さらさらと流されとても眠たきを名前を呼
ばれこつんと止まる

ＩＣＵにつねに人影ぼんやりと時おり波うつシーツの白さ

覚めるまで呼んでくださりありがとう　おそらくそういうことなのだろう

＊

身体《わたくし》はノンフィクションであるような気がする秋の朝に目覚めて

いちじくのちち

売っている濃紫のいちじくを買っているのは大人だろうか

旧庁舎はピンクにライトアップされいまさらなに、と思うけれども

いちじくはもう生らへんと言った年伯母は突然逝ってしまった

いちじくの実が見つかれば付けられた「ゆうちゃん」「よっちゃん」「かよちゃん」の札

いとこという名のお姉ちゃんお兄ちゃん下
校をひとり待っていた庭

かよちゃんのが一番大きいなったなと札は
はずして実をくれはった

いちじくのきみどりの実を捥ぐ時に滴るミ
ルクの白の眩しさ

いちじくを割ったら虫が出てきてもうらみ
っこなし、笑ってたっけ

動物としてどうなのかわが生は　割れた卵
は出荷されない

ないものをさらになくすと声に出す陽に光
ってたいちじくの乳

父母は見えずきみどりの実のいちじくの庭
はあったが今はもうない

たいせつな場所がむかしにあったこと　抱
えるために肋骨はある

いちじくの乳が育てしわれならばいちじく
は今もきみどりが好き

V

夏の校庭

言葉とはわたしではないさはいいえどことば
は私の体から出る

白犬と黒犬すれちがう時に私の体は緊張を
する

水に浮く昔の人の日記読むうちに暮れゆき
梅雨に入りたり

紫陽花が妙にばらばら乾いてた　あれが六
月だったかどうか

こんなにも曝されている場所だった投票所
前の夏の校庭

いつの日か違う体にのりかえる日は来ない
なあ、通りを下る

ドレーンのたわんだところに止まる血が西
空に飛び赤い三日月

アブラゼミ何が不足でなきますか　あなた
の闇がいいと告げられ

どこへ行くあてもなければとりあえずタオル掛けからタオルひき抜く

執心の栗

何となくすがすがとして聞いており移行上皮の剝離のことを

受け容れてはじめて「主体」になるのかと思いぬ受け入れ難きを聞きて

夢幻能でいえばこれから後場かな仮の姿の前シテは消え

体から離れなさいと声するが間狂言がまだ終わらない

「執心の栗とならん」など想う栗のお菓子が売り切れていて

治療台の天井に空が描いてある雲があるから空だとわかる

「おもてなし」だったのに

スサノオの刃にいくど切られてもオオゲツヒメのおおらかな尻

遺伝子診療部Ａ室

診断は確定します父由来で、検査費無料に
まず安心す

泣きそうな人のいるのを知っているのは我
一人Ａ室の中

細胞という名の部屋に入りそこね来てしま
いたる今年の秋か

研究のお役に立てて嬉しいと申す主体はわ
りとブラック

ヒロイックな気分になっているでしょう窓
の緑のいじわるな揺れ

型どおりに説明の書を読みあげる院生の汗
は教授に向けて

つき纏うＡＷＡＹな風と厭わずに入ってみ
ればしずかな部屋だ

はじめから憎しみの居た部屋なのか　ドア
は内から開くのだろうか

確かなこと

「凍りつくリビングルーム」無理やりに集まるよりは落葉しましょう

今日よりは夜が短くなる朝に見上げる雲は馬のたてがみ

混み合えるコンビニでコピーをしつづける前世よりの刑であろうか

前の前の冬のオリンピック、八年過ぎて気付くことあり

十六夜の月を確かめ帰り道あなたがどこかにいるということ

真夜中の救命救急センターを確かに〈私〉は楽しんでいた

雨の日のしずけさに似て画面には路面情報「路面ぬれ」ばかり

明日の午後の治療は痛いだがしかし夜にはきっと済んでいるはず

えんどうを茹でた香りに「ただいま」を言う茹でてから出かけた部屋で

奥付の発行日の場所に記されし日付の意味はおのずからなり

天気と木

手術室の窓とのあいだにケヤキの木のある部屋に来て五年目になる

手術室の窓がくまなく現れない冬は今年がはじめてだった

手術室の窓も見えなくなるだろういつものとおり初夏ともなれば

チューリップの葉はみずからを傷つけて蕾を守り風に揺れおり

日の射さぬ部屋にも鳥の音は届きおそらくは今日来る春だろう

雷をおさえるほどのいきおいの「くさかんむり」に負けそうで　春

右岸にて時を過ごして目をあげれば中州に立ったままの学生

青春は無色であった中州にて水嵩を増す川を見ていた

天気予報のみを気にする今日に居て木は雷がこわくないのか

外に出る　地面に足を着けて見る、やはりケヤキは見上げたい木だ

ハナミズキの横のここから見上げると一番好きな枝振りである

旧庁舎を称え連なる木々たちにただ一本は離れ佇む

滞り氾濫するを繰り返す日照りと豪雨の空梅雨のごと

鉄砲をいくら撃っても当たらない　それでいいよと遮る雨は

木のためを思って枝を切り落とす人を信じて根を張る大樹

感情は木にないだろうただそこに木はいる風に枝をしならせ

汐枯れの目立つ今年の夏欅はるかな台風をもう知っている

風通しを気にして見ている間取り図のしばらく窓を開けてはいない

手術室の中で聞こえる器具の音は気まずい家庭の食卓に似る

人恋しいひとりの部屋をあとにして一人になりたい病室に居る

土曜日の午後の病室同室の人らの長い話に眠い

究極は子の来ないことか一日中痛いつらいとひとを呼ぶ人

見えているＩＣＵの控室にコンビニ弁当食べてる家族

彼女へ（空想）

何か切る音がしている首すじの後ろでバゲット切る音

新しい味付け海苔ほどバラバラにご飯の上で毀れてしまう

（ほんとうのことが言えればよかったね。と
っくに血まみれだったこととか。）

戦争は父　行ったことないのに言うなとな
ぐられる（いのち）

真夜中に握った包丁加害者になりたくなく
て闇にしまった

失　禁

ホテルマンを辞めてナースになったという
膿盆を素早く渡してくれて

留守電に返事はいるかいらないか「嵐で会
えません、また。」と言う

君のように言い切れるなら（高気圧）予感
と不安は違うものだと

水たまりに脚を浸して夏ガラス鳥は失禁し
ないんだなあ

まあいいかとうつむきながら帰り道　紫式部の実の固太り

〈私〉の〈父〉の死について

のりこえる必要はないはじめから山ではなくて見知らぬ沼だ

父の居ない実家の居間は広々とああ広々と息がしやすい

心から大嫌いだと聞かぬまま意識不明となりたり父は

モニターのグラフだけ見る顔は見ないましてや話しかけたりしない

暴力のことを知らない親戚が父の枕の辺に集まる

憎しみに依存してきた人生と自覚している恥じたくはない

父が居た時に「人生」なんて言えば生意気言うなと怒鳴りつけられた

あんたさえおらんかったらとっくに、と言ってた母が出棺に泣く

骨壺を持つ役割を担わされ車に乗れば雨が降り出す

ワイパーに押し潰される雨滴かな　大きな水玉に戻りたい

手続きは過去の反復春の雪

感情を溜めて窓辺に居たからだ観音竹の枝がばらばら

ようやくに沼から抜いてコンビニに運ぶ今宵の足となりたり

上流にやっと着きたり亡き父の生年記す原戸籍へと

父の居たマンションは売る、と母と同意したはずなのに惜しそうな母

では我はどこに行ったらいいのだろうあい
かわらずのくりかえしなり

異母兄と暮らした時は短くて長く従兄を兄
と思いき

私以外みなが内緒を持っていて家族になろ
うとはしなかった

お葉書の数行の字の「大きさ」の中に棲み
たく思ってしまう

王国

王国の風をひろげるむらぎものこころのゆ
めのような王国

王国に土地はなくてもひとびとはいなくな
っても王はいるはず

わりあいに軽い病気のともだちのお見舞い
会を妬んでしまう

元気そうにしていることをうからから強い
られていた結構ながく

わたくしのすべてをうからはうけいれず
秋に明るむ欅の梢

いくたびか外光に触れいくつもがどこかへ
行った私の臓器

勝ちに行く帰るところがなくっても内臓写
真のような夕焼け

消灯しどこかへ帰る救急車は夜に溶けゆく
羊羹のよう

これの世の木や鳥たちは消えているそのこ
とだけは確かであろう

ああ負けていいから自負と書くのかと星取
表は黒丸ばかり

いろいろな非生物混じるわが腹の画像を覗
くおもしろいなあ

カテーテル・ホチキス・クリップ・クリッ
プと写す「なにか」も混入《コンタミ》をして

遺伝子のコピーのミスも血縁の愛と受けれ
ばよいのでしょうか

群肝は減っても心は減らない、と　どこを
さがせばよいのでしょうか

あたらしい傷をふやしてしまってもわたし
のからだ　秋の王国

句　点

絶食でなくてよかったひなまつりの行事食
には付く桜もち

このところA棟B棟が多かった
C棟のシャワー室には九年ぶり　そろそろ
ゆるされてもいいころか

りんかくがまるみをおびてもうすぐだケヤ
キ並木に色が来るまで

読点を句点に替える雨の朝窓の外にはもう
ひとがいる

不機嫌なひとがあたりにいないからきれい
と言える今年の桜

ならばどうすればよいのか雨に濡れ咲き切
らぬまま散りゆく桜

ただそこにこうべを垂れていればいいやま
ない雨はいつか来るから

あとがき

二〇〇六年から二〇一五年までの約五百首をほぼ編年順におさめました。私の第二歌集になります。第一歌集準備中の入院時のものも含めています。

二〇一一年三月十一日、私はその入院の五年後の、最後になるはずだった定期検査の最後の項目でひっかかってしまい「また、がんか。」と茫然とテレビをつけながら入院の支度をしているところでした。そして、信じられないとしかいえない光景が広がったのです。

私自身はそのあともいろいろ別の病気になりたびたび入院しました。ですので、思いがけず今回の歌集には病気や入院生活に関する歌が多くなってしまっています。でも、自分の状況報告のような短歌は詠みたくないし、うまくいったかは心許ないのですが、そのように思えた歌は省いたつもりです。状況報告のためならば短歌にする必要はないと思うからです。ならばなぜ自分の身体に関する短歌を作るのか、これは今後も課題です。

Ⅳの部分はこの間に「短歌往来」に載せていただいた連作をまとめました。毎月結社誌への投稿ももちろんいつも全力のつもりですが、ここでは少し違った気持ちで思いをまとめさせていただきました。ふだんからくよくよしがちな私はよく何とか「さら」な気持ちになれないかと感じていましたが、当時緊急入院での体験を経て、今こそ「さら」になりたいと感じていました。結果は恥ずかしながら生まれ変わった気持ちどころか、その後の病気などのせいもあり、今まさにさらにくよくよしています。でも今思えば「さら」な気持ちなんてそうそうないし、なろうとしなくてもよいのかな、とこれも今後の課題です。いずれにせよ「さら」という「言葉」から広がっていった思いです。

この九年の間も岡井隆先生に歌稿を送り続けられたことは、私にとって最高の励みでした。温かく見守ってくださり、感謝の気持ちにたえません。文芸の巨人である岡井隆先生に送れることがいかに幸運なことかという思いがどんどんふくらむ歳月でした。

田中槐さんはじめ未来短歌会の諸先輩方、友人はもちろん超結社の歌会「神楽岡歌会」の皆様にも本当にお世話になりました。ありがとうございました。

出版に際しては、ながらみ書房社主の及川隆彦様、担当者の爲永憲司様にお世話になりました。ありがとうございました。「現代女性歌人叢書」の一端に加えていただけてとても光栄です。

二〇一五年八月

小川佳世子

自撰歌集

『水が見ていた』（抄）

茎

花のため切られし茎のきみどりの匂い強くて少したじろぐ

繰り返し書き間違える履歴書は夢ばかり見る夜のようなり

どうしてもいたたまれずに席を立つ確かにあったずっと前にも

叩かれる誉れこそあれ評される学究の徒も女大臣《おとど》も

たっぷりと色を鎮める冬の寺予告のように虹かかりおり

闇はずっと在っていいのか白日のもとに白子は晒されており

いつまでも売れぬ宅地の向う側カイワレのように竹林戦ぐ

住宅の間取り図が好き二次元のすべてのKに清《さや》かな瀬音

砂子屋書房 刊行書籍一覧（歌集・歌書）

2025年7月現在

＊御入用の書籍がございましたら、直接弊社あてにお申し込みください。
代金後払い、送料当社負担にて発送いたします。

	著　者　名	書　　名	定価
1	阿木津　英	『阿木津　英 歌集』現代短歌文庫5	1,650
2	阿木津　英 歌集	『黄　鳥』	3,300
3	阿木津　英 歌集	『草一葉』	3,300
4	阿木津　英 著	『アララギの釋迢空』＊日本歌人クラブ評論賞	3,300
5	秋山佐和子	『秋山佐和子歌集』現代短歌文庫49	1,650
6	秋山佐和子歌集	『西方の樹』	3,300
7	雨宮雅子	『雨宮雅子歌集』現代短歌文庫12	1,760
8	池田はるみ	『池田はるみ歌集』現代短歌文庫115	1,980
9	池本一郎	『池本一郎歌集』現代短歌文庫83	1,980
10	池本一郎歌集	『萱鳴り』	3,300
11	石井辰彦	『石井辰彦歌集』現代短歌文庫151	2,530
12	石田比呂志	『続 石田比呂志歌集』現代短歌文庫71	2,200
13	石田比呂志歌集	『邯鄲線』	3,300
14	一ノ関忠人歌集	『さねさし曇天』＊佐藤佐太郎賞	3,300
15	一ノ関忠人歌集	『木ノ葉揺落』	3,300
16	伊藤一彦	『伊藤一彦歌集』現代短歌文庫6	1,650
17	伊藤一彦	『続 伊藤一彦歌集』現代短歌文庫36	2,200
18	伊藤一彦	『続々 伊藤一彦歌集』現代短歌文庫162	2,200
19	今井恵子	『今井恵子歌集』現代短歌文庫67	1,980
20	今井恵子 著	『ふくらむ言葉』	2,750
21	魚村晋太郎歌集	『銀　耳』（新装版）	2,530
22	江戸　雪 歌集	『空　白』	2,750
23	大下一真歌集	『月　食』＊若山牧水賞	3,300
24	大辻隆弘	『大辻隆弘歌集』現代短歌文庫48	1,650
25	大辻隆弘歌集	『橡（つるばみ）と石垣』＊若山牧水賞	3,300
26	大辻隆弘歌集	『景徳鎮』＊斎藤茂吉短歌文学賞	3,080
27	岡井　隆	『岡井　隆 歌集』現代短歌文庫18	1,602
28	岡井　隆 歌集	『馴鹿時代今か来向かふ』（普及版）＊読売文学賞	3,300
29	岡井　隆 歌集	『阿婆世（あばな）』	3,300
30	岡井　隆 著	『新輯 けさのことば Ⅰ・Ⅱ・Ⅲ・Ⅳ・Ⅵ・Ⅶ』	各3,850
31	岡井　隆 著	『新輯 けさのことば Ⅴ』	2,200
32	岡井　隆 著	『今から読む斎藤茂吉』	2,970
33	沖　ななも	『沖ななも歌集』現代短歌文庫34	1,650
34	尾崎左永子	『尾崎左永子歌集』現代短歌文庫60	1,760
35	尾崎左永子	『続 尾崎左永子歌集』現代短歌文庫61	2,200
36	尾崎左永子歌集	『椿くれなゐ』	3,300
37	尾崎まゆみ	『尾崎まゆみ歌集』現代短歌文庫132	2,200
38	柏原千恵子歌集	『彼　方』	3,300
39	梶原さい子歌集	『リアス／椿』＊葛原妙子賞	2,530
40	梶原さい子	『梶原さい子歌集』現代短歌文庫138	1,980

	著者名	書名	定価
41	春日いづみ	**『春日いづみ歌集』** 現代短歌文庫118	1,650
42	春日真木子	**『春日真木子歌集』** 現代短歌文庫23	1,650
43	春日真木子	**『続 春日真木子歌集』** 現代短歌文庫134	2,200
44	春日井　建	**『春日井　建 歌集』** 現代短歌文庫55	1,760
45	加藤治郎	**『加藤治郎歌集』** 現代短歌文庫52	1,760
46	雁部貞夫	**『雁部貞夫歌集』** 現代短歌文庫108	2,200
47	川野里子歌集	**『歓　待』** ＊読売文学賞	3,300
48	河野裕子	**『河野裕子歌集』** 現代短歌文庫10	1,870
49	河野裕子	**『続 河野裕子歌集』** 現代短歌文庫70	1,870
50	河野裕子	**『続々 河野裕子歌集』** 現代短歌文庫113	1,650
51	来嶋靖生	**『来嶋靖生歌集』** 現代短歌文庫41	1,980
52	紀野　恵 歌集	**『遣唐使のものがたり』**	3,300
53	木村雅子	**『木村雅子歌集』** 現代短歌文庫111	1,980
54	久我田鶴子	**『久我田鶴子歌集』** 現代短歌文庫64	1,650
55	久我田鶴子 著	**『短歌の〈今〉を読む』**	3,080
56	久我田鶴子歌集	**『菜種梅雨』** ＊日本歌人クラブ賞	3,300
57	久々湊盈子	**『久々湊盈子歌集』** 現代短歌文庫26	1,650
58	久々湊盈子	**『続 久々湊盈子歌集』** 現代短歌文庫87	1,870
59	久々湊盈子歌集	**『世界黄昏』**	3,300
60	黒木三千代歌集	**『草の譜』** ＊読売文学賞・日本歌人クラブ賞・小野市詩歌文学賞	3,300
61	小池　光 歌集	**『サーベルと燕』** ＊現代短歌大賞・詩歌文学館賞	3,300
62	小池　光	**『小池　光 歌集』** 現代短歌文庫7	1,650
63	小池　光	**『続 小池　光 歌集』** 現代短歌文庫35	2,200
64	小池　光	**『続々 小池　光 歌集』** 現代短歌文庫65	2,200
65	小池　光	**『新選 小池　光 歌集』** 現代短歌文庫131	2,200
66	河野美砂子歌集	**『ゼクエンツ』** ＊葛原妙子賞	2,750
67	小島熱子	**『小島熱子歌集』** 現代短歌文庫160	2,200
68	小島ゆかり歌集	**『さくら』**	3,080
69	五所美子歌集	**『風　師』**	3,300
70	小高　賢	**『小高　賢 歌集』** 現代短歌文庫20	1,602
71	小高　賢 歌集	**『秋の茱萸坂』** ＊寺山修司短歌賞	3,300
72	小中英之	**『小中英之歌集』** 現代短歌文庫56	2,750
73	小中英之	**『小中英之全歌集』**	11,000
74	今野寿美歌集	**『さくらのゆゑ』**	3,300
75	さいとうなおこ	**『さいとうなおこ歌集』** 現代短歌文庫171	1,980
76	三枝昻之	**『三枝昻之歌集』** 現代短歌文庫4	1,650
77	三枝昻之歌集	**『遅速あり』** ＊迢空賞	3,300
78	三枝昻之ほか著	**『昭和短歌の再検討』**	4,180
79	三枝浩樹	**『三枝浩樹歌集』** 現代短歌文庫1	1,870
80	三枝浩樹	**『続 三枝浩樹歌集』** 現代短歌文庫86	1,980
81	佐伯裕子	**『佐伯裕子歌集』** 現代短歌文庫29	1,650
82	佐伯裕子歌集	**『感傷生活』**	3,300
83	坂井修一	**『坂井修一歌集』** 現代短歌文庫59	1,650
84	坂井修一	**『続 坂井修一歌集』** 現代短歌文庫130	2,200
85	酒井佑子歌集	**『空よ』**	3,300

	著者名	書名	定価
86	佐佐木幸綱	**『佐佐木幸綱歌集』** 現代短歌文庫100	1,760
87	佐佐木幸綱歌集	**『ほろほろとろとろ』**	3,300
88	佐竹彌生	**『佐竹弥生歌集』** 現代短歌文庫21	1,602
89	佐竹彌生	**『佐竹彌生全歌集』**	3,850
90	志垣澄幸	**『志垣澄幸歌集』** 現代短歌文庫72	2,200
91	篠　弘	**『篠　弘 全歌集』** ＊毎日芸術賞	7,700
92	篠　弘 歌集	**『司会者』**	3,300
93	島田修三	**『島田修三歌集』** 現代短歌文庫30	1,650
94	島田修三歌集	**『帰去来の声』**	3,300
95	島田修三歌集	**『秋隣小曲集』** ＊小野市詩歌文学賞	3,300
96	島田幸典歌集	**『駅　程』** ＊寺山修司短歌賞・日本歌人クラブ賞	3,300
97	高野公彦	**『高野公彦歌集』** 現代短歌文庫3	1,650
98	髙橋みずほ	**『髙橋みずほ歌集』** 現代短歌文庫143	1,760
99	田中　槐 歌集	**『サンボリ酢ム』**	2,750
100	谷岡亜紀	**『谷岡亜紀歌集』** 現代短歌文庫149	1,870
101	谷岡亜紀	**『続 谷岡亜紀歌集』** 現代短歌文庫166	2,200
102	玉井清弘	**『玉井清弘歌集』** 現代短歌文庫19	1,602
103	築地正子	**『築地正子全歌集』**	7,700
104	時田則雄	**『続 時田則雄歌集』** 現代短歌文庫68	2,200
105	百々登美子	**『百々登美子歌集』** 現代短歌文庫17	1,602
106	外塚　喬	**『外塚　喬 歌集』** 現代短歌文庫39	1,650
107	富田睦子歌集	**『声は霧雨』**	3,300
108	内藤　明 歌集	**『三年有半』** ＊日本歌人クラブ賞	3,300
109	内藤　明 歌集	**『薄明の窓』** ＊迢空賞	3,300
110	内藤　明	**『内藤　明 歌集』** 現代短歌文庫140	1,980
111	内藤　明	**『続 内藤　明 歌集』** 現代短歌文庫141	1,870
112	中川佐和子	**『中川佐和子歌集』** 現代短歌文庫80	1,980
113	中川佐和子	**『続 中川佐和子歌集』** 現代短歌文庫148	2,200
114	永田和宏	**『永田和宏歌集』** 現代短歌文庫9	1,760
115	永田和宏	**『続 永田和宏歌集』** 現代短歌文庫58	2,200
116	永田和宏ほか著	**『斎藤茂吉—その迷宮に遊ぶ』**	4,180
117	永田和宏歌集	**『日　和』** ＊山本健吉賞	3,300
118	永田和宏 著	**『私の前衛短歌』**	3,080
119	永田　紅 歌集	**『いま二センチ』** ＊若山牧水賞	3,300
120	永田　淳 歌集	**『竜骨（キール）もて』**	3,300
121	なみの亜子歌集	**『そこらじゅう空』**	3,080
122	成瀬　有	**『成瀬　有 全歌集』**	7,700
123	花山多佳子	**『花山多佳子歌集』** 現代短歌文庫28	1,650
124	花山多佳子	**『続 花山多佳子歌集』** 現代短歌文庫62	1,650
125	花山多佳子	**『続々 花山多佳子歌集』** 現代短歌文庫133	1,980
126	花山多佳子歌集	**『胡瓜草』** ＊小野市詩歌文学賞	3,300
127	花山多佳子歌集	**『三本のやまぼふし』** ＊迢空賞	3,300
128	花山多佳子 著	**『森岡貞香の秀歌』**	2,200
129	馬場あき子歌集	**『太鼓の空間』**	3,300
130	馬場あき子歌集	**『渾沌の鬱』**	3,300

	著者名	書名	定価
131	浜名理香歌集	『くさかむり』	2,750
132	林　和清	『林　和清 歌集』現代短歌文庫147	1,760
133	日高堯子	『日高堯子歌集』現代短歌文庫33	1,650
134	日高堯子歌集	『水衣集』＊小野市詩歌文学賞	3,300
135	福島泰樹歌集	『空襲ノ歌』	3,300
136	藤原龍一郎	『藤原龍一郎歌集』現代短歌文庫27	1,650
137	藤原龍一郎	『続 藤原龍一郎歌集』現代短歌文庫104	1,870
138	本田一弘	『本田一弘歌集』現代短歌文庫154	1,980
139	前　登志夫歌集	『流　轉』＊現代短歌大賞	3,300
140	前川佐重郎	『前川佐重郎歌集』現代短歌文庫129	1,980
141	前川佐美雄	『前川佐美雄全集』全三巻	各13,200
142	前田康子歌集	『黄あやめの頃』	3,300
143	前田康子	『前田康子歌集』現代短歌文庫139	1,760
144	蒔田さくら子歌集	『標のゆりの樹』＊現代短歌大賞	3,080
145	松平修文	『松平修文歌集』現代短歌文庫95	1,760
146	松平盟子	『松平盟子歌集』現代短歌文庫47	2,200
147	松平盟子歌集	『天の砂』	3,300
148	松村由利子歌集	『光のアラベスク』＊若山牧水賞	3,080
149	真中朋久	『真中朋久歌集』現代短歌文庫159	2,200
150	水原紫苑歌集	『光儀（すがた）』	3,300
151	道浦母都子	『道浦母都子歌集』現代短歌文庫24	1,650
152	道浦母都子	『続 道浦母都子歌集』現代短歌文庫145	1,870
153	三井　修	『三井　修 歌集』現代短歌文庫42	1,870
154	三井　修	『続 三井　修 歌集』現代短歌文庫116	1,650
155	森岡貞香	『森岡貞香歌集』現代短歌文庫124	2,200
156	森岡貞香	『続 森岡貞香歌集』現代短歌文庫127	2,200
157	森岡貞香	『森岡貞香全歌集』	13,200
158	柳　宣宏歌集	『施無畏（せむい）』＊芸術選奨文部科学大臣賞	3,300
159	柳　宣宏歌集	『丈　六』	3,300
160	山田富士郎	『山田富士郎歌集』現代短歌文庫57	1,760
161	山田富士郎歌集	『商品とゆめ』	3,300
162	山中智恵子	『山中智恵子全歌集』上下巻	各13,200
163	山中智恵子 著	『椿の岸から』	3,300
164	田村雅之編	『山中智恵子論集成』	6,050
165	吉川宏志歌集	『青　蟬』（新装版）	2,200
166	吉川宏志歌集	『燕　麦』＊前川佐美雄賞	3,300
167	吉川宏志	『吉川宏志歌集』現代短歌文庫135	2,200
168	米川千嘉子	『米川千嘉子歌集』現代短歌文庫91	1,650
169	米川千嘉子	『続 米川千嘉子歌集』現代短歌文庫92	1,980

＊価格は税込表示です。

砂子屋書房
〒101-0047 東京都千代田区内神田3-4-7
電話 03（3256）4708 FAX 03（3256）4707 振替 00130-2-97631
http://www.sunagoya.com

良いものは売れるか逆もまた真か宇多田ヒカルは「…ごとし」と歌う

変わらずにゆっくり話す人だった横に並んでうどんを食べた

（私）以外は

気が遠くなるほどこわいそう言っていいほど自由　床が冷たい

雨音の聞こえない部屋階下まで降りて再び取りに来る傘

花水木はあの十字路で待っている数歩でたぶん辿り着くべし

透明なラップのそばに靴下が並び散らかるシュールな床に

合計を四十四戸にせぬためにペントハウスは空に溶けゆく

まちなかはもうあきまへんと人は言うあかん一人が此処に住みおり

ちぐはぐな春に行事は続きたり（私）以外は皆忙しい

雨音

雨音がうるさくないのはなぜかしら無数の糸に包まれている

かぞいろの生まれし前も逝く後も白磁の白は耀きてあり

好きなもの少し気になる男らのうちの奥さんという時の口

南北に遠くあれども時差の無いオーストラリアのようなあなたか

本文の異同の同に意味は無く雲の流れる空を見ている

有るものは何であろうか学籍は無い人ですが、と紹介される

休日は正午に窓のカーテンを閉める従順日の移ろいに

私の秋。

名月を正面に見て歩く時次々人に抜かれて
もいい

ずらされているのではなくずれている午前
三時に天井は見えず

繰り返し殺める夢を見た朝も林檎は清か宇
宙の一つ

独り言ばかり飛び交う家はありしかも一つ
もほんとうは無く

もうええんちゃうのと君は言っていた私は
麦酒の泡を見ていた

閉ざされし外の世間は明るいと言い切るわ
けは　ゆがみ出す窓

暮れやすき日のために葉を落としたる大木
と思う枝を広げて

あと二時間がんばりましょうと昼休み校内
放送がんばった後は

空の底遠くなりつつ歩く午後秋の私は深
い。今年は

日曜日

日曜の空はだんだんひといろに落ち着いてゆき、雨を待ってる

いぶかしと思い続けし人なれど長き睫毛を持つと気付きぬ

室町の詩画軸のごと帰れない待宵の夜の立ち話より

のりものがあたたかかったころのこと 白《あお》馬黒馬そなたの背中

賀茂川が右か左かわからない渦巻くような不安、であるか

宇治川の穏やかな波隘路だと思いこみしが岐路かもしれず

スタンスを決めてしまえば爽やかだほな、またと言い振り返らざる

行き逢いて離れし人に言われけり君に詩歌があって良かった

水面から上る湿気と身内から零れる水が混ざり合ってた

冬枯れの道は一人で歩くべし彼の着信には応えずにおく

さよなら宇多野

ふるものはなべて美し花に雪紅葉に埋もれ朽ちてゆく家

「今日はじめて息が白く見えました」『季節だより』の元発行所

誰よりも早くたくさん記しけり初霜初雪雪下の梅

平安京坊城西北角外に枕している感じが好きで

誰も居ぬ家内に向かい声立てず「雲を見て来る！」子にてありしよ

知らぬ間に無くした臓器知らぬ間に無くした玩具《おもちゃ》雲の無い空

黒々と御室の駅の駅名は創業以来右から手書き

宇多帝は自慢の息子女王は福王子にて祀られており

いくそたびこの坂道を帰りしか遠くなるほど青くなる木々

あらわれる、としたらやはりここがいい童子じゃなくて里の女で

仁和寺？僕も好きだと夢に言う平経正美少年なり

真実の愛《かな》しみありて金堂の脇の楓と銀杏の最終

山門で大内山を振り返る確かに此処が我を育てた

さりながら自分のたまの置き場所は何処にあってもよいのだろうし

土地の名は繰り返されてきざまれた心の奥にうたの、うた、のと

千年ののちの邂逅までしばしさよなら

（宇多野北ノ院町）

路　面

雪残る朝の路面の片側のように暗くて湿っ
ていいるなり

陽が長く射し込むようになった日のつねに
日の目を見ない地下鉄

空室情報

吾を待つ窓にも雪か町中に空室情報溢れる
二月

空き部屋に案内されて見る窓の月と二人で
棲みてみたしも

ああ寒は明けたんだなあまっさらな二日の
月が左の上に

春号。中吊り広告の福山雅治《フクヤマ》と見つめ合っ
たまま二駅を行く

凍えつつ読むおはがきにスケールの大きな
あほへと見つけ温もる

この痛みはかなり一人だ眼底のような櫟の
枝に黄昏

存在を見つけ出すまでミルフィーユからは
み出た苺滲み出る色

なにもかも無くなった後地下室の水槽にい
る魚のことを

結局はどうしたいのと尋ねられ魚の集う水
辺を思う

真剣の白刃の光一瞬の好意にしばし目が眩
みたり

左手で日記を書く日やわらかな桃の蕾をつ
ぶさぬように

身に残る思い出は無く世の中は薄き契りと
単衣をはおりぬ

夏

浴槽に湯を張っていてゆくりなく思う湖「あふみ」凄まじ

せせらぎを身の内に持つあの人と佇んでいた半夏生の日

十歳の頃には夏が好きだった向日葵はいつ消えたのだろう

恋をしていた時に見た大文字どこで見たのか見なかったのか

あの日からもう何日かわからないコロニアル後の恋をはじめな

くぬぎ

ベランダの向こうに見える緑とはいえども私の櫟ではない

ざっくりと割れてしまいぬ曇り日の洗面台に溢れ出す水

この川に螢がいたと言う人の横顔になにか聞けないでいる

ひとときの花を落としてまた空へきっと櫟は枝を広げる

うむ、わしは此処におるぞと言うごとく川縁に居る鷺を見て過ぐ

偉くなくすごくなくても夏風に犬は笑ったような顔する

とこしえに曲がり切れないカーブだといつ曲がっても思う箇所あり

伯父さんの話はとてもおもしろくほら冬螢そこに来ている

文学とおっしゃる時のほの暗さ温い大きい闇に繋がり

緑に還る日

薪能雨天中止となりてのち閉じ続けゆくわがうちの傘

乗り換えの十三《じゅうそう》の駅で中世へしずんでいること誰も知らない

ひそやかに背広の縫い目を裂いておく緑の庭に戻るあなたの

暗号のような愛にはしろたえの官製はがきにて返信す

水墨のたらしこみから彩色へふと変わる空雨が上がれば

キュビスム

キュビスムの女性は楽器という人の重たき琵琶になりたい私

すまあかしすみよしあわじあわあわとすんだこころになりたいものだ

乗り換えの駅で偶然会うために必然的に今朝も目覚める

冬空は白いものだと思ってた海に開ける横浜は青

三人で京都を歩く多義性はたとえば晶子登美子のごとく

川辺にて抱擁の後折口の「水の女」について調べる

悲しみは最高のアドバンテージほほえむ君に逢えてよかった

ウィーンの世紀末

雨の絵がフランス絵画に無いなどと君と語らうためだけの雨

破滅型中城ふみ子みたいだと言う人といて笑う幸せ

ウィーンの前世紀末が好きと言う君に凭れ今世紀末

ギャラリートーク

魂に濡れ雑巾をつけられるそんな感触何度もしていた

「お互いのファンでいましょうこれからも」と言い別れたなんか最低

ポップコーンはじけたようにゆく春を覆い尽くして御室の桜

舞う月

いうはたそあなたの夢の蝶番捜してごらん世阿弥の能に

カ・エ・ル・ノ・コ五音で始まる謡い方可愛いたとえで教える師匠

月待つの謡の時に少し照る面《おもて》がつまり最高に　好き

そのかみの貴妃ならずともたまさかにあいみた君と思うのみなり

いつだって私は半歩逃げている（まことは我は）まことは我は

「恋衣」というのはあの日私に掛けようとしたあなたの上着

とことわに何処へも行けぬ気がしてた失せし臓器の行方知らねば

本当は悲しくなんかないんだと心の鵺が呟いて去る

夜は明け夢は覚めても舞う月はいつも密かに我が裡にある

胡銅の壺

百日紅にはつか遅れて開く芙蓉挫折ではなく選択として

抱く時と胡銅の壺を見る時と同じ目になる人にてありき

近づけば落ちてしまうと知っているけれども靄で境が見えぬ

二学期が得意であったラベンダーオイルの香り部屋に満ちたり

身体《からだ》ごとああ大きな百合になってあなたを浴びて開ききりたい

帰りたいところはどこか雨夜にも月は西へと向かっているが

寝足らない朝に貯金をおろす時通帳記入の印字も薄い

あ、しまった横顔がきれいってこと気付いてしまった視線を落とす

常盤

たれの子も産まぬ体を運び来し双ヶ岡の上に満月

花の木の角を曲がればおぼろげな胸は空より降り下るなり

原型は水平のまま残りしか十三歳は五月のようか

女ではまして春ではなき五月さらに夏でもなしと思いぬ

幾億のゆすら梅の実熟す時子はぬるく我が膝にもたれん

うしろめたい私を誰も見ていない光溢れる平日のカフェ

永遠に逢えない窓を思おえば滴る水に吹き抜ける風

いつまでもくずれ続ける足許の砂時計の林にさ迷う

緑色をいくとおりにも描き別けて一日《ひとひ》過ごしぬ自己愛のごとく

火の子

演習の机の上に栗一つ置かれていたり拾われてきて

水漏れの止まらない日が続いてる冷たい床を手放してから

「すいません」「よろしく」ばかり言う我についぞ真昼は姿を見せず

抽斗に古い名刺は冷えており新宿西口クラブ「火の子」の

境界《ボーダー》

さみどりの野宮竹の境界《ボーダー》に六条御息所の実在

それになら負け続けても構わない間違っとると思う世界に

（おなかとは言わへんのか）と繰り返す「腹など数ヶ所を……」と聞かされるたび

一線を分かつところを思いおりポインセチアの赤と緑の

文庫本一冊借りているだけの栞のような関係はあり

春霞山は新たな教科書の匂いのように横たわるなり

しばらくは枝の形に添いて飛ぶ花びらを見てのち見失う

葉桜

雨の日に欅は濡れて黙りおり小枝の先まで黒く冷やして

連休という仕切りあり叢に蛇を宥めてまた歩き出す

横田さんが父ならばいいと思った日甘い唯一の実感として

家族とは必ず会わねばならぬかと自問するべき場面にあらず

ハンカチを忘れ出掛ける日が続き今日も一人で饂飩を食べる

オリオンを抜ける三つ星、春から秋

春雨は開花予報の日を濡らす決められぬまま過ぎて行くのだ

ゆるすとき水底は少し深くなる銀杏の葉裏を仰ぎ見ながら

ふり仰ぐビルのガラスに空澄めり『古今和歌集』恋三にすすむ

夢と舟

何処より来たりて何処へ行く水か雨音は窓に聞こえ始めた

たましいの荒れということむざむざと木は黒く枝を池中に伸ばす

子供じみていやだと止めし療法の箱庭にありし砂と兵隊

行き止まりばかりが並ぶ町並に西日を溜める流れたい水

帰れないことを少しは考えるいつもの道を一筋逸れて

霧雨は重い空から降りてくる同じ心の水に降る雨

水ばかり流れる夢を見た今日は橋ばかり渡る水ばかり見る

舟として天上にある三日月を川の面に見つけていたり

降りゆけば普賢菩薩の冷ややかな平らな胸は遠き岸辺に

夢を書き一年何も変わらぬか遥か遠くの砂は濡れしか

乗れないことは

自転車に乗れないことは一生の不覚のうちの大きな一つ

かっこいい女の人も柔らかくふくらむ胸を皆持っていた

他人事のように過ぎゆく日は白い海の底から見る鳥の腹

全力でほめてもらうを待つことをやめていいかと思うつかの間

十二歳で死んだ子供をしまいつつここまで
来たと言えぬでもなし

和スイーツ

立つ場所にはじかれ続けた水滴を預けてお
いた雲を見上げる

勝ち負けの舞台の上に上がるのを見送った
まま向かう夕暮

王道は一度もいったことがない（気がして）
避ける乳母車かな

帰るたび迎えてくれし角の木をバスの窓よ
り見返る今日は

移動ばかりする日の続くこの頃のからくれ
ないの交通費なり

空に呼ばれて

木の影は濃く水底へ沈みこみ空に呼ばれて
咲く花水木

「途中」とは湖を見に行く時の地名であると
思いこむ、今

歩いても何処へも着かぬかもしれぬ朝に密
かに蓮咲きにけり

雨音を聞く仕事ならしてもいい何処か遠く
の緑の窓で

隙間

あまさかるひなの余部陸橋を海見るために
渡りし日あり

木々の葉の裏と話していた頃は夏の子とし
てさびしくなかった

父に二人母に一人の子がありてそのわたく
しは海を持たない

台風の遅い動きを待ってしまう重たい空気
に隙間がまだある

人の居ないワンルームの床凪いでいて台風の目に入ったようだ

夢の水

引用を繰り返しふることとの葉の中に一回切りの我なり

睡蓮と蓮の違いを話しつつ君と並んで見た水の面

水面の下に世界の深きこと　木々の間《あい》より見る木々の影

溢れ出すままにしておく洗面器　この世の果ての全方位滝

いつまでも下ることなき上り坂をゆく夕暮れのようなこわさだ

夢の水静かに冷えて中央に橋の掛からぬ浮御堂あり

気がつけば傷ついている太刀魚の珍しい刺身撫でている指

ゆっくりときらめく波を待っている冬の屋
外プールのようだ

上流を見てばかりいた中州よりふり返り見
る下流の広さ

しどけなくゆるんでゆきし黒雲は白くなり
つつわたくしは雨

「生」のところ

両側の研究室の戸は閉まり暗い廊下に残さ
れて午後

よるべないこどものままでいなくてももう
いい夜にふようはしぼむ

何もかも嘘だと思う、そのような模範解答
こそが嘘なり

字の中の「生」のところがきわやかな署名《サイン》
たしかめ表紙を閉じる

西山に月

すず虫が鳴いてもうすぐ秋やなと言ったのははて、誰であったか

永遠の入口としてあの日すこし開いてた窓を水が見ていた

陰陽を問えば陰だと言えそうな貴船川沿い上るうれしさ

いっぺんも好きやて言われへんかった螢火も見ず逢いみし時も

影暗き恋の奥宮訪ね来て和泉式部にお礼しとかな

長すぎる夏につかれて帰り道ふいうちのように西山に月

歌論・エッセイ

岡井隆は世阿弥である

はじめに

……岡井さんほど短歌を存続させるためには若い力が不可欠だと考えている人はいません。（中略）わたしは岡井さんから無限に近く教わりました。それは短歌のみではなかったように思います。もしみなさんがこの本に、権威とか格式とかと無縁な、自由で純粋な感じを感じてくださるとしたら、それはみんな岡井隆さんの人柄から発せられたものです。

小林恭二『短歌パラダイス』（岩波書店）「あとがき」より

命には終わりあり、能には果てあるべからず。

世阿弥『花鏡』より

私にとって、現代短歌とは岡井隆である。そして、岡井隆は世阿弥である。このことが、私がなぜ短歌を詠むのか、に関わっている。

これは、おべっかではない。おべっかになるとも思えないが。虚心に自分の気持ちを見つめた結果、やはりこの答えに至ったのである。与えられたテーマはとてつもなく大きいが、「私にとって」である。これまでの「評論十二章」においても、それぞれの作者の「私にとって」が書かれていて感銘を受けた。もちろん、私に岡井隆を、世阿弥を論じる力量はない。しかし「私にとって」を臆することなく正直に書こう、と思う。

一、現代短歌との出会い

私が現代短歌と出会ったのは、『短歌パラダイス』によってであった。

奪うため破壊するため（力あれ）海道をゆく
倭寇のように　　　　田中　槐

時計仕掛けの絵本をよめばすずかけの並木を
ぬけてまた出逢う導師《グル》　　加藤治郎

降り立ちてきのふのことはきのふとすゆめの
曠野《あらの》ゆ来たりし火牟《ほおちえ》　　紀野　恵

家々の釘の芽しずみ神御衣《かむみそ》のごとくひろがる
桜花かな　　大滝和子

「面白い。すごい。」と思った。思えば不思議な縁である。

私はその頃、能の勉強をしたいと思い、二度目の学生生活を送っていた。そして「古典詩歌の基礎」という授業で『古今和歌集』所収の和歌について掛詞などの修辞により一首の歌が驚くべき多義性を持つということを知り、びっくりしていたところであった。

たとえば、

音にのみ菊の白露夜はおきて昼はおもひにあ
へず消ぬべし　　素性法師

詳細は省くが「菊」「聞く」、「夜」「よる」、「置き」「起き」の音通などによって、この一首は同時に四つの世界を表すことになる。何ということだろう。豊かな世界を統合しながら、しかし一首は一首として屹立するのだ。一首の背景に多くの要素があり、それが一首に収斂し、そして読み手（聞き手）に向かって再び照射される。読み手（聞き手）はどの要素を感じてもよい。限りなく自由だ。と同時に広がった世界は一首ただ三十一字に統合されているのである。拡散と集中が同時に存在する。私はその世界に魅了されたのである。

そして、その魅力は勉強するにつれて、当時感じ始めていた世阿弥の能の魅力とほとんど同じものである、と気付いたのである。

私は、それまで最初の学生時代に能のサークルに入って以来稽古は続けていて、七五調の韻文に少しは馴染んでいたり、和歌引用の多い能の詞章にふれるにつけ和歌への漠然とした親近感はあったのだが自分で詠んでみようとは思っていなかった。和歌に対してなんとなく、古く堅苦しいイメージを持っていた。ちょうど当時学生として書かねばならぬ論文に対して、その実証的でなければならない、主観を排さねばならない、注をきちんとしなければならない、などに対して抵抗感を感じていた頃である。そんな中で、『古今和歌集』の歌の、型があるにもかかわらず、同時に様々な世界を内包する逆説的な自由さに気が付いた。そしてそれが、他ならぬ世阿弥の能の魅力の特色に通じることに気付きとても嬉しくなった。自分でも歌を詠んでみたくなった。しかし現実に詠みはじめるとなるとどうしていいかわからない。当時冷泉家の当主の授業も取っていたのだが、その母君が「当家では伝統的な言葉使いを厳しく守らないといけません。カタカナを入れるなどもってのほかです。」とおっしゃるのを聞き、伝統遵守の考えには同感するものの、自分で入門する気にはなれなかったのである。

　その時、偶然『短歌パラダイス』を読んだのである。ちょうど歌合わせという平安朝以来の構成になっていたことも幸いしたのかもしれない。現代短歌って面白いのだ！と思った。先に引用した歌たち、そして

　民族よ　寄するおもひは冷えながら並木に生《あ》るる花のしづけさ　　岡井　隆

岡井隆という存在を知り、冒頭に掲げた「あとがき」のことばと出会った。私は、「これだ！」と思った。自分の中で和歌と能そして現代短歌が結びつく予感がしたようだ。この予感はまた、岡井隆と世阿弥との共通性の伏線ともなっていたのである。

二、現代短歌と世阿弥の能

日がゐなくなつたら水が前面をまもつてくれる部屋だ、とおもふ　　岡井　隆

暁ごとの閼伽の水、暁ごとの閼伽の水。月も心や澄ますらん。さなきだに物の淋しき秋の夜の、人目稀なる古寺の、庭の松風ふけ過ぎて、月も傾く軒端の草。忘れて過ぎしいにしへを、しのぶ顔にていつまでか、待つことなくてながらへん

（〈井筒〉主人公登場時の謡）

さっそく岡井隆の歌を順不同に読み始め、自分で作ってみて岡井隆選歌欄への投稿を始めた。まず心惹かれたのが、ちょうどその頃『短歌研究』に載った先にあげた歌だ。

陶然とした。その頃世阿弥の代表作〈井筒〉における水の役割について考えていて、「水」の象徴的意味ということに興味があったからかもしれない。当初からすぐれた能の作品（私は、それは世阿弥が晩年に作った〈井筒〉に代表される夢幻能だと思っている。）と現代短歌の共通性について考えていたわけだ。〈井筒〉においてはほとんど何事も起こらない。諸国を回っている僧が女に会い、女は恋の思い出を語り、舞を舞う。それだけだ。人間と人間の葛藤や与えられる教訓もない。しかし、物語が重要なのではなく、多義的で詩的な詞章を音楽と演技にのせて観客に提示し、「何か」を感じさせ感動させる。豊かな想像をさせる。何も起こらないのに観客の心に大きなものを与える。その不思議さが岡井隆の歌と通じるように思った。平坦なことばを連ねながら、想像力をかきたてる修辞にも共通点があるように思えた。

美しうなりなさいとて肩をおす本人はただうつむくばかり

おりにふれ思い出す事の多い岡井の歌のひとつで

てであろうか。

ある。思い出すたびに何かを感じる。これはどうし

男は「美しくなりなさい。」と言って女の肩を押した。しかし、言われた本人はただうつむくばかりであった。（どちらが男か女かはわからない。）そんなことは言われたくなかったのだろうか。それとも嬉しくて何も答えられなかったのだろうか。と、物語のように解説してしまっては仕方がない。ちょうど、能を物語として解説して済ましてしまっても何もならないように。この歌から私は、何か美しい場面を想像し、やさしさ、を感じる。そう言ってしまえば身も蓋もないが、それを韻律に閉じ込めるのである。何も起こらない、夢幻能が、懐旧や恋といった普遍的で、単純なテーマのみを包み、無限の感情を我々に引き起こさせるように。さまざまな思いが一首、一曲に集中し、そして、それが読者、観客には、さまざまな要素となって配られる。しかし、その一首は一首、一曲は一曲でなければならない。

三、岡井隆と世阿弥

こうして、はじめにふと思ったことがだんだん形を帯びてくる中で現代短歌と能それぞれの作者である岡井隆と世阿弥の共通点が、どんどん浮かんでくるのであった。千年以上にわたる短歌（和歌）の歴史における岡井らの前衛短歌運動と、能（猿楽）における世阿弥の出現とでは、その時間軸における位置は違うのだが、能における世阿弥の果たした役割もいわば前衛運動といえるものであった。今でこそ、伝統芸能である能だが、世阿弥の生きた時代、それは他の芸能との激しい競争の中にあった「現代」の芸能だった。岡井隆と世阿弥、まずはじめに家庭環境から宿命的に、生まれつき短歌および能に出会っていた。岡井の両親は歌人であり、世阿弥の父、観阿弥は猿楽の一座の棟梁であった。二人ともごく年少の頃からそのジャンルにおける英才教育を受けていた。岡井は若い時からアララギの歌会に出て薫陶を受け、世阿弥は観阿弥の教育により早くから和歌、

蹴鞠などに堪能であり、十二歳の時将軍足利義満に見出され、また当時最高の教養人二条良基に愛玩された。岡井は一人で前衛短歌運動を起こしたわけではなく、塚本邦雄をはじめ、様々な先行者や同行者とともに真に現代短歌とよべる短歌の創始を企てたわけだが、世阿弥もまた、当時の観客に絶賛されていた近江猿楽（塚本の出身地が滋賀県なのも偶然の符合として面白い。）の犬王の芸など、他者の芸も積極的に取り入れつつ、激しい競争にさらされながら、独自の才能で当時の観客にとって一番面白い能を作り上げていった。そして常に「新しいこと、面白いこと」を探求し続けた。岡井の作風はどんどん変わってゆく。常に新しい歌を作り続けている。世阿弥もまた、そうなのである。能の勉強をしているうちにわかったのだが、世阿弥には似た作品が無いのだ。一つの型を作り上げると、すぐ新しい形の創造をはじめている。たとえば、能の一般的なイメージとして浮かぶであろう、美しい女が夢に出てくるというシンプルな夢幻能で世阿弥作なのは、実は〈井筒〉一曲である。

岡井と世阿弥の重要な共通点はまだある。両者とも「新しい作品」を作り上げただけではなく、それを裏付ける「理論書」を精力的に著したことである。また、それは両者の悠々自適な趣味人としての行いではなく、時に同人を組織し、歌壇を活性化させたり、また一方は、能の座をひきいていくために、必要にせまられ、ぎりぎりのところで行われていたところもよく似ているのである。その中で、一度唱えた説に拘ることなく、どんどんと新しい考えを書き続ける。（世阿弥の能楽論はどんどん改訂を重ねていることが最近の研究によって明らかになってきている。）

その他、生涯の内に中央から離れた経験があること、家庭的には必ずしも平凡とはいえなかったことなど、両者の共通点に関しては、妄想的に空想は広がるのだが、それはよいとして、最後に一点重要なことがある。

それは、二人ともが、それぞれのジャンルを生活の糧ということを離れて、または同時に、深く愛し、その繁栄を心から願っていたこと。そして、何よりも、その情熱を後代に伝えたい、と思っていた（思っている）ことである。

はたして『短歌パラダイス』の「あとがき」を読んで感じた予感は当たったのであった。そういえば、最近の岡井の仕事の中で、『短歌』や『三田文学』でのインタビュー、また『旅のあとさき、詩歌のあれこれ』所収の様々な問いへの答え、というものは世阿弥が能についての思いを熱く語って残してくれた『申楽談儀』の現代短歌版ではないか！

おわりに

私にとって現代短歌とは岡井隆である。岡井隆は世阿弥である。

残酷とおもひて見れどある角度よりは性感を
帯びて見えたる　　岡井　隆

対立するような概念を統合させ微妙な味わいを持ち、いかようにも解釈できるような好きな歌である。思えば岡井隆も世阿弥も「言葉のあや」に生命を与えることに力を尽していると言えよう。大人になる前に我知らず生に関わる病気を通った私は、その生命に魅かれるのかもしれない。

いずれにせよ、かくして私は、能への関わりがすなわち世阿弥へ向けてのものであるのと同じように、岡井隆に向けて短歌を詠もうとし続けている。「できました！」と言って絵を先生に見せる絵画教室の子供のように。主体性が無いのだろうか。そうとは思えない。これは大きな和歌の歴史の中における私にとっての現代短歌への関わり方なのである。

（「未来」二〇〇四年一月号）

ほうほうのわたし

歌が、詩や小説と違うのは、いつでも「私」が語り手で、「私」は作者と等しいことになっている点であろう。この約束を破るという方法も、もう一つの方法である。

（「未来」二〇一〇年三月号岡井隆選歌欄「感想」より。）

いつもごく平明かつ簡潔に書かれる「感想」、実はものすごい量の「教え」なのだと思う。「私」は作者と等しい、ではなくて、ことになっている、のだ。そして約束は破ってもいい。破ることはどちらかというと推奨されているのだろうか。「もう一つの方法」ということは「作者と等しいことになっている」というのも「一つの方法」なのか。私自身は自分でも「私」がはっきりわからなくて約束と自覚して破る、というのも難しいな。う〜ん。なんだか禅宗の公案をいただいたようにも思えてきた。

ちょうどこの「もう一つの方法」をとっていると思える歌集の批評会に続けて行った。まず森井マスミ歌集『ちろりに過ぐる』。様々な手法によって「私」を消している。その結果「主題」つまり「ある感情」が主人公となる世阿弥の夢幻能の達成に通じるような一連があり素晴らしいと思う一方、作るのも大変だろうが読みこなすのが難しいなあ、そこまでして「私」を消す必要があるのかという感想も正直持った。そして田中槐歌集『サンボリ酢ム』。こちらは完全にフィクションのすぐれた短編小説集を読むように楽しんで読んで行ったのだが、作者の実人生を想像させる部分もあるという意見には少し驚いた。短歌の虚構の問題は数十年前に結論が出ているという発言も出た。小説集ではなく歌集なのだ、ということについても考えさせられた。いずれにせよ短歌にとっての「私」、そして「方法」の問題は活発に話し合われたし、これからもいろいろな場で議論されることだろう。

禅の公案はいただいてからずっと後になってハッとわかることもあるらしい。「私」について、「方法」について、私もとりあえずはこのまま抱えていればよいのかな、ぼんやりと思っているところである。


（「短歌往来」二〇一〇年八月号）

短歌は「いつ」読むか

冬の皺よせゐる海よ今少し生きて己れの無惨を見むか　中城ふみ子

ある放射線科医の言葉を聞いたとたんこの歌の情景が目の前に広がった。彼が言ったのは「今は乳房全摘でも乳腺の下の肉が残るけど、昔は骨と皮一枚だったからね」というものだ。

乳房を摘出した作者の胸と「冬の皺《しわ》」の強烈なイメージが結びついてしまい、しばらく頭から離れなかった。骨と皮一枚になってしまった胸。おそらく皺もよっているだろう。それが寒い冬の海の皺に重なってしまう。

普通に歌に即して読むと「冬の皺」がよっているのはあくまでも冬の海である。「冬の海」と胸を結びつけて想像するのは深読みと言えるだろう。ただ、その「時」のあまりに強烈な体験に、個人的な考えとしてはこういう歌の読み方も良いのではないかと思ってしまった。歌会の場や、まして研究においてはもちろん正確に読むべきであるが。

冥《くら》きより冥き途《みち》にぞ入りぬべきはるかに照らせ山の端の月　　和泉式部

この歌は和泉式部がごく若いころに経典を和歌にしたものだが、その事実を離れて多くの人がいろいろな「時」に人生を思ったり、月を見たりするのではないだろうか。個人的な解釈をしても、その「時々」に歌を楽しむということがあっても良いのではないだろうか。

そんな私は春が近づくと、毎年、岡井隆のこの歌を楽しむのである。

歳月はさぶしき乳《ちち》を頒《わか》てども復《ま》た春は来ぬ花をかかげて

（「朝日新聞」二〇一六年六月六日朝刊）

田中槐の連作について

はじめに

日がゐなくなつたら水が前面をまもつてくれる部屋だ、とおもふ　岡井　隆
（『ヴォツェック／海と陸』平成十一年、ながらみ書房）

短歌を作り始めたころ、衝撃を受けた歌だ。一首でなんと大きな世界を表現することができるのだろうと思った。一方、これは「日がゐなくなつたら」という題を持つ連作の中の一首だ。連作の中の一首として読むと衝撃的なのは同じだが、少し違う味わいがある、何か実景かもしれない、もちろん、実景でありながら、同時に大きな世界を表しているのだろうが。それまでは新聞に一首の投稿をしていたから、短歌の連なりということにあまり意識がいっていなかったが、そのころから「連作」というものもあるのだ、と意識するようになった。そして、しばらく前からずっと注目している連作の作者がいる。田中槐である。田中槐の連作がどういうものなのか、どのように独自でかつ新しい可能性を持っているのか、ここでは考えてみたいと思う。

一、現在の連作

現在の連作にはどのようなものがあるだろうか。新聞投稿歌や、一首詠などは一首単位であるが、多くの短歌は何首かのかたまりとして発表されている。そして「未来」誌で見ると例えば十一月号では約七〇〇人の作品のうち約一八〇人の作品に題がついている。題があるということは、作者は何らかのかたまりとして、連作として短歌を発表しようとしているということだろう。また、題がない作品でも時に、作品批評会などで「同じ号の他の歌を見ますと」と

いう批評が出るように、一首一首が相互に関係していることもある。総合誌においても特に「無題」などと主張しているものの他は題のある連作といえるだろう。

「題があって連作」といっても様々である。一首、一首が独立していて、全体のイメージがゆるやかにその「題」に収斂してゆくもの、文字どおり全首がその「題」にかかわるもの、等だ。どちらにせよ、自戒をこめて書くが「連作」と言っても、一首、一首は独立して鑑賞できることが好ましい。ト書きのような一首が入ってしまったり、他の歌を読まないとわからない歌が挟みこまれるのは連作という形式に寄りかかりすぎているといえよう。

一首独立して読んで感動するが連作全体を読んで、さらにその印象が深くなるような連作、まさに冒頭に書いた「日がゐなくなったら」のような連作を私は読みたい。

二、田中槐の連作

では、私が注目している田中槐の連作はどういうものであろうか。

「題」があって、一首、一首が独立している、という点では、私が良いと思っている連作の条件を満たしているのはもちろんであるがそれに加えて、独自の何かがあると思う。その何かとはどんなものだろう。例えば、「角川短歌」二〇一六年九月号の十二首連作

　二年目の二拍子

阿波弁のイントネーションに呼ばれたり「たなかさん」とはわれを呼ばふか

西国《にし》に棲み西のテレビを見てをりぬカンテレ、サンテレ、四国放送

あぶらげは正方形ゆゑさんかくの小《ち》さきお稲荷さんをいただく

昼餉にと朝から出汁を引くことの　きんと冷

やしてさうめんのつゆ
薄切りの酢橘《すだち》みつしり敷き詰めて半田さうめ
ん涼しく啜る
味噌も醬油も甘き徳島みそ汁のために煮干の
内臓《わた》を除きぬ
炙り鱧さかなに呻る白ワィン首から汗は冷え
てゆきたり
おかはりの冷酒の効いてくるころに〆のそば
米雑炊の熱ッ
左手のフォークでくずすデザートのおぼえに
くき名の甘たるきもの
酔ひさますために歩けば提灯の揺れて祭りの
近きを知りぬ
お囃子の練習の音　二拍子がこの土地の律
歩いてゆかな
二年目の阿波の陽射しに灼けてゆく　をどる
阿呆になれないままに

一読すると、作者自身が徳島に住んで二年目であり、その生活のどこか不如意な感じをそのまま十二首に表現しているようにも読めてしまうかもしれない。

　しかし実は違うのである。読んでみればわかるが一首、一首が独立してそれ自身で鑑賞されうる。それはもちろん、もっと用意周到に連作は作られている。ここに「作者」はいない。田中槐が実際に経験していること、感じていることを短歌にしたと受け取るのは違うと思うのだ。徳島に住んで二年目の「たなかさん」という人のある一定の期間の生活が詠まれているのである。そう全体を読んでみて、何らの齟齬はない。読者はただ一首、一首を楽しみながら、ああ、徳島に住んでいる「たなかさん」がこういう生活をしていて、こんなふうに感じているんだなあ」と思えばいいのである。そこには短編小説を読むような楽しみがある。読者はその世界に入り込み、読者自身が主人公になって、徳島での生活を送っていることを想像することもできる。

三、田中槐の連作の独自性

「短編小説」といえば、すでに田中の第三歌集『サンボリ酢ム』（砂子屋書房、二〇〇九年）の帯文に斉藤斎藤が「連作ごとに『私』が起動する、短編集のような歌集だ」と書いている。

しかし、私が田中の連作はこのように私性をはずして読むようにできているのだと、強く感じたのは、この歌集よりも後のこれも歌集になってほしいと強く思っているのだが、「短歌研究」誌上に二〇一〇年五月号からはじまり、ほぼ二、三か月おきに二〇一二年四月号まで続いた、三十首連作の連載全八回においてである。『サンボリ酢ム』の世界をさらに発展させたものだといえるかもしれない。この期間はちょうど二〇一一年を挟んでいる。大震災を挟んだ時期である。

連作の一方の魅力である、自分自身の体験を時間を追って臨場感溢れる作品にしたものも多く発表された期間でもあった。

その一つに、自身が被災した体験を迫力たっぷりに描いた大口玲子の「逃げる」（「短歌往来」二〇一一年七月号）がある。何首か引く。

昼夜等分近づけば日々あきらかに子の髪に振る放射線量

避難民となりてさまよふ仙台駅東口みなマスクしてをり

許可車両のみの高速道路からわれが捨てゆく東北を見つ

阪神の死者を超えたと待つてゐたかのように告げる声のきみどり

八日ぶりに髪も洗ひて湯につかり後ろめたさが深刻になる

被災者といふ他者われに千円札いきなり握らする老女をり

逃げきつてせいせいとゐる月曜日　原子力空母ひつそりきたる

わが子に降りかかる放射線を恐れて、逃げる作者の様子が迫力をもって迫ってくる。この連作の「われ」が作者大口玲子自身であることは明らかであろう。だからこそその「後ろめたさ」も読者の胸に迫ってくる。

大口玲子のこの連作はのちに歌集『トリサンナイタ』に収録されているが田中槐の三十首連載もその期間とほぼ同じく震災前から直後、そしてしばらく後まで続いている。歌の題材を見ると大口の歌集と同じように相聞歌の連作、季節の自然描写、体の変調に関すること、そして震災に関すること、いわゆる日常詠、といったような題材だ。

しかし、この二人の作歌方法には反対といっていいくらいの違いがあることがわかった。田中の連作は、基本的にフィクションである。あくまでも、その連作における主人公の「相聞」「病気」「行動」「仕事」そして「日常」というふうに書かれている。

その方法により「ラバー・ダッキーオン・ザ・シー」という「おもちゃのアヒル」を主人公とする時間も場所も大きく広がる気宇壮大な連作が成功したのである。これは作者がアヒルになりかわって作ったというわけではなく、アヒルそのものの物語であった。

「原発反対デモへの参加体験」の歌と一応はいえる主人公が原発反対のデモに参加した場面を連作にした「歩いてみました」では田中の方法が特によくわかる。何首か引く。

某月某日、代々木講演

雨天決行原発反対デモにゆく公演通りの坂をのぼりて

集合場所にむかひ歩けばつぎつぎに色とりどりのチラシ渡される

事実（だと思われること）が時系列にそって淡々と歌われる。

デモの日はいづれも雨でまづはこの雨に濡れ

てもいいのだろうか

原発事故後の雨に濡れることを問題にしていることは大口の歌と共通する。しかし、違うのである。奥泉光、柄谷行人、斎藤和義など実在の人物名も出てくるのでいかにも作者が体験したそのままを歌っているようだが、重要なのは事実ではなく、三十首を原発反対デモを「歩いてみた」人物を主人公として構成、完成させていることなのである。人名の選び方も用意周到である。

ちんどんが先頭になり歩き出す。なるほどこれが音楽デモ

みなで歩くのは楽しいといふほどのデモ楽しい顔で歩いてをりぬ

どうも参加者の意識もばらばらで一致団結した強い気持ちのデモではないようだ。そして、この作品の主人公もけっして強い気持ちでデモに参加しているわけではない。

誘われて参加するデモとりあへず歩いてみました声出しながら

ともかくよくわからないけれども歩いて「みた」主人公の行動を描く。そして一番読者に感じられるべきものはその主人公の「体感」である。

冒頭の歌は

わけもなく眠くてだるい血もうすい　からだの軸がずつとずれてる

最後の歌は

単純に歩き疲れし快感のじわじわと来て電車に眠る

「体感」からはじめて「体感」で終わっている。

主人公は、原発反対デモについて、そもそも原発についいて、はっきりした意見を持っているわけではない。よくわからないというのが本音のようだ。しかし、ともかくもアイドルも出てくるような「ゆるい」デモを歩いてみて、単純に歩き疲れて快感を得る。一連を通して読んで「原発問題」のわかりにくさ、を読者としても「体感」できるような仕掛けになっていると感じる。「わかりにくさ」「わからなさ」をそのままで、しかし確かな「体感」を読者に手渡している。

そして、その主人公は作者ではない。まして作者の実体験を歌にしているわけではない。主人公はデモを「歩いてみた」誰かである。だから、読者は、田中槐の原発問題への意見をこの一連から、判断するのではなく、主人公の行動を追体験し、その「体感」を感じればそれでいいのである。

これは、大変、読者に開かれた、そして読者を楽しませる仕掛けにあふれた連作だと思う。一首、一首を楽しみ、そして全体を通してさらに楽しめる。

この連作はそう読めばいいのだ、と思ってから、私は田中槐の連作の楽しみ方がわかってきたような気がする。

そこに「作者」はいない。「実体験」もない。全体を通して、ただ、ある状況が差し出されるだけである。一首、一首楽しめるいろいろな工夫をともなって。

おわりに

今回とりあげた田中槐の連作は現在も今ここに書いた特色を持ちつつ進化を続けていると思う。短歌の連作でしかできないものを目指して。

ところで、田中の連作をたくさん読んでいるとやはり作者の個性が浮かび上がってくる。そう書くと本人は怒るかもしれない。しかしそれは、けっして実生活が浮かびあがってくるというわけではなく、おのおの小説家の作品に個性があり、好きな小説家が決まってくるような「個性」である。やはり、田中槐の連作は短編小説のようであると言ってしまってよいのだろうか。いや、そこにはやはり一首、一首が連なって「連作」という短歌でしか表現できないものがあるのだろう。これからも田中槐の連作を楽しみたいと思う。

（「未来」二〇一七年二月号）

「うたつかい」という場について

はじめに

「未来」三月号の時評を服部真里子が「賞を狙うということ」という題で書いていた。結論を私なりに要約すると「賞を狙わない人は自分の価値基準を信じて戦っているから立派だ、賞を狙う人は認められたいというかっこ悪さから逃げずに戦っているから立派だ」一読納得できる意見である。しかし、そもそも賞を狙うにしても狙わないにしてもそれは「戦い」なのだろうか。短歌に関わるかぎり戦わないといけないのだろうか。

1. うたつかい

そう考えている時、私は「うたつかい」という冊子を思い浮かべた。「うたつかい」一冊百円のホチキス止めの紙の冊子。今この文章を読んでくださっている方のうちどのくらいの方がご存じだろうか？二〇一一年東日本大震災の年に創刊。私は次の年、本多真弓さんに「あなたの歌が引用されてるよ。」と紹介されて初めて知った。その後拙歌集をメンバーに送るなどして、とても楽しい出会いだった。いただいた「うたつかい」は可愛いイラストが散りばめられた手作り感満載の冊子で、少人数で運営しているようだった。（今回はあえて「うたつかい」の関係者の方にお話しを聞くことはしなかった。）私はいただいてとても嬉しかった。「うたつかい」の一番の特徴は「選歌」がなく「批評」がないということである。誌面のほとんどをしめるのは投稿されてきた短歌だ。私がはじめに手にしたのは二〇一二年五月号、六年前ということになるが、現在からみると出詠メンバーには今年の現代短歌社賞受賞者、生田亜々子、近年の歌壇賞受賞者飯田彩乃、また歌集を出版して現代歌人集会賞を受賞した虫武一俊（当時のペンネームはむしたけ）がいる。また、現在若い世代に人気がある岡野大嗣、木下龍也もそろって出詠している。その他にものちに結社の賞をとった人などが多く見られる。

この号の出詠者は95名だからかなりの現在の活躍率ではないだろうか。その他にも、編集長の嶋田さくらこなど歌集を出して活躍している人もいる。

また、私が言いたかったことは、この雑誌のメンバーはペンネームが多いこともあってフリーの人が多いように思えるが、当時から結社に所属していた人たちがいるし、ともかくいろいろなところからのメンバーだということだ。そして、当時から新人賞をめざしていた人もいるだろうし、もっと他の活動を目指した人もいただろう。特に目標はなく気ままに短歌をツイッターに投稿していた人も多かったのだろう。そういう人が一番多いのではないだろうか。

そもそもこの「うたつかい」の出発は編集長の嶋田さくらこがツイッターで短歌を発表していたが、紙の冊子にしたいと思ったことだ。そして、その人たちが選歌を受けず批評を受けず、つまりどの歌はどの歌よりすぐれているか、などの考察もなく集まっている。「戦い」はない。そのことにこの「うたつかい」の魅力の一つはあるように思う。

載っている歌はどうだろう。さまざまである。先日現代短歌社賞を受賞した生田亜々子の歌を見てみよう。

　　もうここに真っ赤な小鳥を描いている届いたばかりの白い机に　　生田亜々子

動物をテーマに与えられて、色の対比の際立つ歌にしていると思った。真っ赤な小鳥を描いたのは子供だろうか。

五首連作のアンソロジーの中には、歌壇賞を受賞した飯田彩乃の、

　　きょうがまさにあなたが生まれる日であることを私のほかは誰も知らない

があり、五首連作をうまく使って恋の終りを巧みに不思議に歌っていると思った。

2. ぬぐえない違和感

しかし、私は「うたつかい」を前にして、違和感を覚えたのである。失礼なことを書くかもしれないがご容赦願いたい。当初から大変お世話になっているし、ご縁のある方々だからこそ、正直なことを、ずっと前から考えていたことを書かなければ、と思ったのだ。

短歌を作り始めた当時、私は歌がうまくなるためには結社に入り、先生につき毎月欠詠せず、短歌講座にも通い、歌会にも真剣に参加し、というようにして、うまくなりたいと思っていた。私はずっと岡

井隆先生に習っていこうと決心していたが、確かに結社に入るということはなかなか敷居が高く、二年間新聞投稿を重ねたのち思い切って結社に入った。新聞投稿は採ってもらった歌ともらえなかった歌との比較、他の投稿歌と比較するなど、勉強になるが、どうしても誌面に載せてほしい、採ってほしい、という射幸心が出ると思う。そのため、私は結社に入ってからは結社以外への投稿というものはやめた。いろいろな媒体に投稿して採ってもらうことに価値基準をおくことをやめたといえる。

私は「うたつかい」を見て本当に楽しい雑誌だな、編集長はえらいな（最新の三十号まで発送費など経費はすべて編集長がだしていたのだ！）と思った。しかし、どうしても何か違和感がある。この「うたつかい」には創刊号から裏表紙に書いてあるコピーのような言葉がある。それは「うたを読みたい、うたを詠みたい」である。ここにある「うた」とはなんだろう。どのような歌を示しているのだろう。「〜読みたい、〜詠みたい」と続けてリズムがよい。しかし、あまりにも軽く感じられた。誰でもすぐ「うた」は読めるし、詠めるものであるのか、と。また雑誌の題の「うたつかい」これも正直言って生意気なのではないか、と感じた。一生懸命、作ったり、読み解いたりする「うた」をあたかも「魔法使い」のように軽く使いこなしてしまうように思えたのだ。

3. いろいろな歌と投稿者

このように、雑誌のタイトル、コピーにはかなり反感を覚えたのだが、内容を見ると実に楽しい。皆が楽しんで歌を作っていると感じられる。そして皆の歌に関する目標がばらばらであることが楽しさを増しているようだ。明らかに新人賞をねらって、研鑽しているように思えるもの、自由に実験的な作品を試している作者。実際の恋愛に取材したと思われるせつない歌。歌を作るうえでの価値観は特にないだろうな、という歌もあるし、戦っていない歌がかなりあると思った。もちろんこの「うたつかい」という場を使って戦っているなという印象の歌もある。

そうか、このような雑誌があっても良いのか、と私は徐々に違和感をなくしてきた。

二〇一四年一月号から二首。


パラシュートみたいにひらく手のひらがあたまを撫でてゆく、ただ一度　こはぎ

夜明けまで重ねた声は水紋のように生まれてきえてしまうね　嶋田さくらこ

一首目、せつない恋の歌だと思うが比喩、句跨りの技法、「、」の使い方、思わず巧い歌だなあと思ってしまった。

二首目、夜明けまで重ねた声のあやうさを水紋に喩えた比喩のうまさと語りかけるような口語によって返って静かな情景を思い浮かばせて好きな歌だ。

創刊号から年数が経ち素敵な歌が増えたように思えるのだが、多くの人はここではうまくなろうとはしていないのではないだろうか。


皮肉ではなく、はじめから「うたつかい」であり、「うたが読みたい、うたが詠みたい」なのだから。

ただ一つ、この「うた」はどのような歌をさしているのかという疑問が残る。その一つが二〇一六年秋号のインタビューでとけた。編集長の嶋田さくらこは「夜はぷちぷちケータイ短歌」に投稿していて天野慶の歌が好きだったのだ。また別の記事には穂村弘が好きだったというのもある。枡野浩一の弟子だったという記事もあった。笹公人の短歌道場で歌を知ったという人もいた。万葉集を勉強していると書いている人もいたが、やはりこの「うたつかい」に集まる世代は穂村弘、天野慶、枡野浩一、笹公人など従来の歌人にはなかった新しい感性をもった人にあこがれて歌を作り始めた人が多いようだ。これは、この時期の短歌界の一部の様子に似ているのではないだろうか。

「うたつかい」二〇一五年秋号の中で牛隆佑が「うたつかい四周年に寄せて」について明晰にまとめている。「うたつかいの特長は言うまでもなく、選歌も

前号評もなく、ただ各々が信じる短歌が掲載される点です。」また、ある人が「「うたつかい」のようなものが五十もできたら短歌の世界が変わる。」と言ったらしいのだが、牛は「なぜ、うたつかい（のようなもの）が短歌の世界を変えうるのか。それはヒエラルヒーが主であった短歌の世界にそうではない景色を作るからではないでしょうか。山ばかりの世界に川が流れはじめるように。」と述べている。ここで私はまた違和感を覚えた。短歌の世界はヒエラルキーが主であったのだろうか？

そうであっても、それはいけないことなのだろうか。選歌や、評を受けて、少しでも良い歌を作れるようになりたい、そうは思わないのだろうか。「価値基準」まさにここでも牛が述べている。ただ各々が信じる短歌、それが価値基準だ。

しかし、「選歌も前号評もなく、ただ各々が信じる短歌が掲載される」このことは作者にとっても真に嬉しいことなのだろうか？　選歌があれば、選ばれた歌について嬉しく、このような歌を作っていけばいいのだな、と指針になるだろうし、前号の自分の歌の評をもらえればそれも嬉しいだろう。投稿した歌がただ並んでいるということは、選歌のないツイッターの歌がそのまま紙媒体に載ったというだけのことではないだろうか。

ところで、ヒエラルキーが「うたつかい」にはないと牛は述べているが、四周年記念としてこのようなまとめの文章を書いていること自体は牛がある程度他の投稿者を啓蒙する役割を担っているのではないだろうか。いや、文章は四周年にあたって「うたつかい」に必要なものだと思った。それから、二〇一四年五月号からはじまった「たたさんのホップステップ短歌」勉強会の記録ということだが、それは著者三猪忠典による短歌教室のようになっていて選歌も批評もない誌面にあるのは変ではないだろうか。いや、思い直してみると、まず短歌を作る入口、自分の価値基準を信じる前の入口としてこのコーナーは必要なのだろうなと思った。

はじめに書いたように、「うたつかい」に投稿しながら、新人賞をとった飯田彩乃、生田亜々子といった作者もいる。彼女らが自分の中に価値基準を置いたのか、外に置いたのかは私にはわからない。ああうまくできたという作品を投稿した結果、受賞にいたったということかもしれない。ヒエラルキーをなくそうとしている「うたつかい」が受賞者を多く出しているのは皮肉なのだろうか。

歌集を出版して、賞をとった虫武一俊もいる。途中で結社に入って結社の賞をとったりして活躍している作者たちもいるが、彼らはまだ「うたつかい」に投稿を続けている。やはり「うたつかい」に入って歌がうまくなって新人賞をとろう、といった目的で投稿してきたのではないのだろう。

批評がない、と書いたが「うたつかい」本誌に何回も記事が載っているように「うたつかい」に投稿している人が中心になっている歌会が盛んにおこなわれていてそこには、もちろん批評があるはずである。

「うたつかい」が発行されているこの間、短歌の世界は変わったのだろうか。私はすっかり変わったと思っている。「うたつかい」が創刊された二〇一一年。それから現在までの間にいろいろと変化した短歌をめぐる環境の変化の原因の大きな一つに「うたつかい」があったように思う。

4. 歌をめぐる場の変容

「現代新鋭短歌シリーズ」（書肆侃侃房）が二〇一三年にはじまり、今まで続いているということも「うたつかい」と関係があるように思う。もちろん、このシリーズのはじまりには笹井宏之の死去ということが大きな契機としてあったわけだが、公募制となっているメンバーに「うたつかい」に名前のある歌人が多いということは、「うたつかい」は現代短歌の潮流の一つになったということではないだろうか。

新しい歌集が発売前にツイッターで話題を集める、ということは以前からあったことだと思う。しかし最近のようにアマゾンで購入される予約数が話題になる、ということはあまりなかったのではないだろうか？

実際、最近歌集はどれくらい売れるようになったのだろうか？ 少し前までは、ほとんど謹呈をし、ほんの少し買ってくれる友人がいて、詩歌の専門店に持って行って置いてもらっても、十冊も売れなかったのではいだろうか？ 今は作者本人が告白しないからはっきりわからないが、歌集を出版するとある程度売れるという状態になっていると想像される。そもそも作者が売ることを目的に、さまざまなイベントを行う。協力する書店の存在も大きい。メディアミックス的なイベントもあり「歌集は売る」と思っている作者が多くなってきていると感じる。ある程度歌集が売れるようになった原因としては、短歌以外のメディアに短歌の話題が掲載されることが多くなったことも大きいように思う。

そもそも「歌集」とまでいかなくても、同人誌が多数作られるようになり、各地で文学フリーマーケットが開催され、売れるようになった。製作費がいるから、もうからないかもしれないが、自分の歌を編集者の目を通さずに売ることが盛んになっているのである。

突拍子もないかもしれないが、短歌をめぐる場がこのようになってきたのには「うたつかい」の影響もあるのではないかと思うのだ。そもそも、「うたつかい」に投稿していた人は、穂村弘をはじめ、短歌界以外と接点の多い歌人たちにあこがれていた人たちであり、もともと歌集を作ったら売る、という感覚があったかもしれない。いろいろな短歌を作って投稿している人たちの中には、他のメディアと関係している人がいるだろうし、短歌が身近になって「うたつかい」の作者の友人たちが歌集を買ってみたい、歌集をもっと広めてみたいと思うかもしれない。

「うたつかい」は三十号を発行した。ツイッターで短歌を発表していた嶋田さくらこが、紙媒体に短歌を載せたい、と思って「うたつかい」を作ってから七年、現在は一つの節目であろう。編集長の負担軽減のため、インターネット上でも読めるようにした。

二〇一一年から「うたつかい」が発行され続けている間に、短歌界にはいろいろな動きが起きた。それは「うたつかい」という場があったことと必ずや関係があると思うのである。

さて、冒頭からたびたび書いていた私の違和感は払拭されたのだろうか。いろいろ考えていくうちに彼ら彼女らは「うた」を知らず「うたつかい」に入ってきたわけではなく本当に「うたを読みたい、うたを詠みたい」と思って参加してきたのだろう。そして、いろいろな歌人の中から、穂村弘など広いメディアで活躍してきた歌人たちの歌が好きだった人が多かったのだろう。

「うたつかい」という名前も大きくとらえて「うた」を使ったなにかをしましょう、という人たちがはじめたのだと思えば納得する。

私はまったく部外者なのだが、「うたつかい」のファンとしていろいろ疑問に思うことも書いてきた。「うたつかい」はこれからは紙だけでなくインターネット上でも見られるということだが、それにつれて歌の世界もまた変わってくるのだろうか。楽しみに注視してゆきたいと思う。

おわりに

最初に書いたような出会いがなければ、ツイッターも去年からはじめたばかりという私は、今も「うたつかい」を知らなかったかもしれない。これまで書いたいろいろな短歌をめぐる変容も知らなかったかもしれない。

そのように、縁がなくて知らない人も多いだろう。知らない人の「うた」も歌、「うたつかい」の「うた」も歌、両方が混じりあっていくといいと思う。きっともう今の段階で自然に混ざり合っているのではないだろうか。各地で行われる文学フリーマーケット、違うジャンルと一緒に行うイベント、旺盛に発売される同人誌、ツイッターなどを使っていない人でもきっと気が付くと思う。また、「うたつかい」に批評はないが、参加者の周辺にはいろいろな歌集、批評、歴史があるだろう。

＊

ツイッターというものをまるで知らず＠の前にはなんと書けばいいの？　と聞いていたような私を、「うたつかい」と結びつけてくれた未来短歌会の本多真弓さんに心から感謝します。

（「短歌往来」二〇一八年九月号）

解説

『水が見ていた』解説

岡井　隆

小川さんとはじめてお会ひしたのは、京都精華大学の短歌講座（社会人を対象とする）の時だつたらうか。もう十年ちかく前のことだ。そのあと「未来」の会合や、京都や大阪でやつてゐた超結社の会合でお会ひして、だんだんとその歌と人柄や経歴のことがわかつて来た。

　しかし、この歌集を開くとわかるやうに、小川さんの歌は、静かだが一読してすぐにひき込まれるやうな魅力をもつてゐて、読んでゐて飽きないところがある。ただし、一度にたくさん読まない方がいい、毎度すこしづつ味はつた方がいいといふ鉄則はあるだらう。

　たとへば、この歌集はⅠ、Ⅱ、Ⅲと分けてある。作者の説明がないので推測する外ないが、多分制作の時期による区分けだらう。ところが、どこから読んでも同じやうな印象を受ける。同じやうに惹きつけられるといつてもいいだらう。

　どうしてもいたたまれずに席を立つ確かにあったずっと前にも
　叩かれる誉れこそあれ評される学究の徒も女大臣《おとど》も
　住宅の間取り図が好き二次元のすべてのKに清《さや》かな瀬音

　こんな歌が、Ⅰの初めのところにある。だれでも感じてはゐるが、なかなかさうとは言へない気持を切りとつて歌にしてゐる。巧みだとか芸達者だとか思はせないで、それでゐてうまい歌なのであらう。

　キュビスムの女性は楽器という人の重たき琵琶になりたい私
　すまあかしすみよしあわじあわあわとすんだ

こころになりたいものだ
三人で京都を歩く多義性はたとえば晶子登美
子のごとく

こんな歌がⅡのセクションに置かれてある。多少、技巧の目立つところ、作者自身歌を楽しんでゐるところも見える作品だが、作者は決して強烈な自己主張はしないタイプの人だと知つてゐるので、かうした歌もわたしはたのしく読む。

小川さんは京都生まれの京都育ち、京都の大学を出て、いま能や狂言の分野がご専門ときくと、いかにも京都人といふ感じだが、京都人はだれでも知る通り、したたかなのである。

まちなかはもうあきまへんと人は言うあかん
一人が此処に住みおり
もうええんちゃうのと君は言っていた私は麦
酒の泡を見ていた
スタンスを決めてしまえば爽やかだほな、ま
た言い振り返らざる
背後より聞こえる声に首肯するよろしおます
な松園はんは
(おなかとは言わへんのか)と繰り返す「腹
など数ヶ所を……」と聞かされるたび

かういふ京都語の歌はまだほかにもあり、ごく普通語風に作つてあつても底に京都語がすわつてゐることも感じられる。古来、和歌は京都語を生活語とする人によつて受け継がれて来たが、結構、現代京都語(口語)も見事に歌になるのだと知らせてくれる。

たくみな歌作りでありながら、たくみさに反発を感じないのは、いたるところに見られる自己否定といふか、おのれを低くかまへる姿勢といふか、それが身についてゐるやうに思へるからである。

独身の女性の、働く知的な人の三十代から四十代へかけての作品集であるから、さまざまな機会に嘆きの声は発せられ、それを聞く側も、たのしさばか

りに共感してゐるわけではない。しかし、なんとなく、すいすいと歌ひ来たり歌ひ去る様子は、芸によるカタルシスを感じさせもするのである。
Ⅲの所から、いくつか歌を抄出して、わたしの蛇足にちかい解説を終らうと思ふ。ほんたうは、解説は余計なのであつて、素直に読んでいけば、すべて判りやすく共感できる歌ばかりなのだ。

文庫本一冊借りているだけの栞のような関係はあり
連休という仕切りあり叢に蛇を宥めてまた歩き出す
ゆるすとき水底は少し深くなる銀杏の葉裏を仰ぎ見ながら
帰れないことを少しは考えるいつもの道を一筋逸れて
十二歳で死んだ子供をしまいつつここまで来たと言えぬでもなし
王道は一度もいったことがない（気がして）避ける乳母車かな
雨音を聞く仕事ならしてもいい何処か遠くの緑の窓で
溢れ出すままにしておく洗面器　この世の果ての全方位滝

引用し出したらきりがないので、この辺でやめて置くが、どうか読者の皆さまは『水が見ていた』を、ゆつくりと作者の中の「水」を見るやうに、読んであげて下さい。
小川さんのこれからの歩みをたのしみにしつつ見守りたい。

（『水が見ていた』解説）

水のうた
——歌集『水が見ていた』評

大口玲子

一冊の中に、さまざまな水がさまざまなかたちで存在している。不思議な歌集名は〈永遠の入口としてあの日すこし開いてた窓を水が見ていた〉という掉尾の一首からとられたものである。この一首では水が主格となって、永遠という時間へ続く空間を見ていたというのである。歌集にはただの水だけではなく、雨水、川水、海水、滝、噴水、水道水など種類もいろいろで、著者の〈水好き〉、くわえて著者の内部にゆったりと時に激しく揺れる水を感じとることができる。

浴槽に湯を張っていてゆくりなく思う湖「あふみ」凄まじ

河野裕子の「近江」の歌を思い出しつつ、この作品で連想される「あふみ」に独自の迫力があって圧倒される。

せせらぎを身の内に持つあの人と佇んでいた半夏生の日
この川に蛍がいたと言う人の横顔になにか聞けないでいる

この歌集には「あの人」「この川」など、指示語が多く出てくるが、読者には指し示すものがわからない。それでもかまわないものとして読者が読むことができる。「あの人」は「あの人」なのだ。他人の体内を流れる水を意識し、「半夏生」という昨今ではあまり意識されなくなった日を意識している感覚が新鮮だ。また次の歌では、「この川に蛍がいた」という言葉、そして横顔の存在感がくっきりしていて、対照的に下の句のおずおずとした心情がよく伝わってくる。

まちなかはもうあきまへんと人は言うあかん
一人が此処に住みおり
もうええんちゃうのと君は言っていた私は麦
酒の泡を見ていた
スタンスを決めてしまえば爽やかだほな、ま
たと言い振り返らざる

京都の言葉を使った文体が、一首の中で活き活きとしていておもしろい。また、会話の相手がどのような関係の人物であるのか規定されていない。そのことに最初戸惑ったが、慣れてくると、会話で表現されたこの人間関係の自在さが何ともいえずいい雰囲気を出している。意図的に「作った」という感じを読者に抱かせず、自然な口調のこのような作品が何首もあって私は大いに楽しんだ。

〈文学とおっしゃる時のほの暗さ温い大きい闇に繋がり〉という一首があるが、京都在住ならではの地名を生かした作品、そして文学や歴史を具体的に題材にしたものも、てらいない作品に仕上がっていて興味深い。

仁和寺？　僕も好きだと夢に言う平経正美少
年なり
冷えてゆく空気と熱くなる胸と寂光院の奥
杉木立
さみどりの野宮竹の境界《ボーダー》に六条御息所の実在

また、次の一首には最もはっとさせられた。

家族とは必ず会わねばならぬかと自問するべ
き場面にあらず

〈横田さんが父ならばいいと思った日甘い唯一の実感として〉に続く一首である。

この「自問」は鋭く深い。

最後に「肉体」のエロスを感じた作品をあげる。

のりものがあたたかかったころのこと白馬黒《あお》馬そなたの背中
身体《からだ》ごとああ大きな百合になってあなたを浴びて開ききりたい

（「短歌往来」二〇〇七年七月号）

不安定さの魅力
――歌集『水が見ていた』評

黒木三千代

やさしい言葉で、乗《の》りよく淀みなく詠われているようで、逡巡や屈折や含みや謎があって、興味の尽きない歌集である。心地よい驚きに誘われもした。

美術史は無理と言われた翌日のなんだかなあのギャラリートーク

雛祭りは嫌いだったりしてたから雪洞の字も初めて知りぬ

気が遠くなるほどこわいそう言っていいほど自由　床が冷たい

「なんだかな」という形容語。「嫌いだったりしてたから」という朧化。前者も、つまらない、とか、もうひとつ、というより守備範囲の広い言い方で、後者と共に、言い切るのとは違った微妙なふくみや屈折感が伝わる。あからさまに言うと相手に悪いという、やさしい世代の若い人達の会話文体が、短歌の文脈の中で生かされた例ではないだろうか。三首目は第四句までに「ほど」が二度重ねられることで生まれる文脈の揺らぎ、それによる酩酊感が独特である。こうした文体に驚く。

ポップコーンはじけたようにゆく春を覆い尽くして御室の桜

いかんともしがたきことは北向きの庭の必ずあるがごとくに

作者の、卓抜で意外で、しかも説得力のある比喩の歌も、この歌集の魅力を大きくしている。一首目など、それこそポップな比喩と古典的な「御室の桜」の取り合せに驚いて、桃尻語枕草子を、私は思い浮かべたりした。作者の表現の振幅の大きさ。古典語(「かぞいろ」、父母のことだ)も現代口頭語も、文語も口語も両者の混合も、感性の赴くままに使われて、屈託がない。自在で、別の言葉で言えば、無防備だということでもあるが、それが純真に輝いていることは疑えない。

キュビスムの女性は楽器という人の重たき琵琶になりたい私

雨の絵がフランス絵画に無いなどと君語らうためだけの雨

「途中」とは湖を見に行く時の地名であると思いこむ、今

立つ場所にはじかれ続けた水滴を預けておいた雲を見上げる

どれもいい歌だと思う。一首目には蕪村の「重たき琵琶の抱きごころ」が隠れている。春愁を相聞の哀切な情に変換するのに、「抱きごころ」の隠し味は、よく効いているだろう。切実さを隠すのが、この人のまさである。切実と言えば、四首目の、居場所の

ない痛みを、抑えた表現で伝えてくる歌にも打たれた。「原型は水平のまま残りしか十三歳は五月のようか」という不思議な歌――読者が分かろうが分かるまいが構わぬ。歌わねばならぬ欲求があって詠っておく、とでもいうような――にも、私はトラウマのような痛みを感じた。大人の学究であるこの人が「全力でほめてもらうを待つことをやめてもいいかと思うつかの間」とうたうのである。どこかアンバランスで、不安定で、危うい。そのことは魅力である。掲出二首目のセンス。三首目の独自性。内向する凹型人間であるらしい作者像を、私は「詩に選ばれた人」として読んだ。痛ましい感じもするが、うらやましい。

（「未来」二〇〇七年八月号）

身体に潜む複数の時間

――歌集『ゆきふる』評

松村由利子

生きることは、時間と向き合うということだ。「ゆきふる」のなかには、さまざまな時間が豊かに流れている。

穀物のために降る雨眺めつつやわらかごはんをゆっくり食べる

読み終えて雪に気がつく小説にインターネットは出てこなかった

一首目は「穀雨」のことだろう。春の温かな雨と、自らの回復を目指そうとする前向きな気持ちが、とても自然に重ねられている。移りゆく季節も癒えてゆく身体も、決して一足飛びには変化しない。二首目は、現実世界と小説の世界が交差し合う面白さが魅力的だ。一冊の世界に入り込んだ後に、ふと現実の世界に雪が降っていることに気づく。また、そこへ本の世界におけるインターネットの不在が加わることで、いくつもの時間の流れが見える仕掛けが楽しい。

身体《わたくし》はノンフィクションであるような気がする秋の朝に目覚めて

手術や入院に関する歌も多く収められているが、この歌集のテーマはそこにはない。この作者は冴えたまなざしで「身体」にノンフィクションを見る。誰しも「からだ」「身体」の厄介さから逃れることはできず、思うように扱えぬ生身の「わたくし」を見据えたところから、新たな歌の世界が紡ぎだされるのである。

植物に対する深い共感が繰り返し詠われていることにも着目したい。

咲く時に花は頑張るのだろうか　がんばりますと言うのに飽きた

感情は木にないだろうただそこに木はいる風に枝をしならせ

木の気配水の気配は打ち寄せるぷらーなぷらーな窓を閉めても

季節が来れば花は咲き、木々の枝は風にそよぐ。その自然のリズムは作者を深く慰める。殊更に「がんばります」と言わなければならない日常には、感情に揺り動かされる息苦しさもある。三首目の「ぷらーな」は、「宇宙にみなぎる生命力、気息」を指すようだ。病を得て研ぎ澄まされた感覚によって、作者は万物に満ちる気をまざまざと感じとっているのだろう。

第一歌集『水が見ていた』も、知的で繊細な表現が光る歌集だったが、この歌集では、こうした身体感覚と時間の流れが加わり、重層的な世界が繰り広げられている。

大昔こどものわたしがほうむったわたしのこどものほほに光が
冬の空はるかむかしに放たれしわたしの魚はどこにいるのか
ゆきふるという名前持つ男の子わたしの奥のお座敷にいる

さまざまな不思議な詩想は読む者を魅了する。いるはずのない「わたしのこども」が陽光に頬を光らせている光景には、「わたしの魚」とも通じる、悲しみとも喜びともつかぬ奇妙な明るさが在る。「ゆきふる」というやわらかい名の「男の子」は、誰にも見えないが確かに存在する。この子の名を歌集のタイトルにしたこと自体、身体をノンフィクションだと言い聞かせつつも、作者が自らの内面に広がる一つの世界をこよなく大切にしていることを示しているだろう。読むほどに心惹かれる一冊である。

（「短歌往来」二〇一六年四月号）

精神の比喩
――歌集『ゆきふる』評

木下こう

小川佳世子さんの第二歌集『ゆきふる』を、くいいるように何回も読み返した。二〇〇六年から二〇一五年までの約五百首がおさめられた作品集は、読み応えのある一冊だった。そしてそれだけではなく、気づかないようにしていた折々の自らの心情を手渡されているかのようで悯悯とした。病のこと、入院生活のこと、憎しみのこと。あたかも自分自身の心根を掘り返すように鑑賞していることが、不遜な行為なのではないかとすら思えた。そして、あとがきの中で小川さんが手を伸ばしている「さら」という「言葉」、そこから広げたという「思い」に、少しでも触れたいと心から願った。

ねえ急に虫がこわいのどうしてと問いくる姪

よゼリーみたいだ

家じゅうの暦すべてにひまわりがある八月に見ないひまわり

カザフスタン生まれの米国人夫妻庭を非常にゆっくり歩く

ともだちの来なかった夜終えるためケーキ二つを食べ終えにけり

一首目の少女期の透明な揺らぎ、二首目のひまわりが溢れる季節に印刷物でしか見ないひまわり、人のいる風景だからこそ寂しさのある三首目、四首目の心の中の僅かな冷え。時のめぐりの中にある、密やかすぎて形をなさないような悲しみを思った。

なぐられる直前にかたくなるからだみたいであった今年の春は

泣く時に左手首がいたくなる　気がついたのはいつだったのか

時々は滝もベッドに横たわりたいと思いはしないだろうか

この痛々しい程の身体感覚を慈しむように鑑賞した。心が身体からすっと遠退くような感覚の中で、夜の「滝」を思っていた。

新しき片恋欲すからだなりあまたの針と液に囲まれ

いつの日か違う体にのりかえる日は来ないなあ、通りを下る

ドレーンのたわんだところに止まる血が西空に飛び赤い三日月

病をモチーフにした作品から三首抽出した。病の歌、或いは病に身をおいての心象ではないかと思われる作品が多く、どの一首にも角度の違う陰影が刻まれていて作者の力量を感じる。一首目、恋ではなくて「片恋」への憧憬に妙がある。二首目、溜息のような四句目までを受けるのに、これ以上の結句は

ないだろう。三首目、血から月への飛躍が清新。気持ち悪さを追い抜いてしまっている。又、しっかりとした実景が飛躍を支えている。

のりこえる必要はないはじめから山ではなくて見知らぬ沼だ
ワイパーに押し潰される雨滴かな　大きな水玉に戻りたい

父親の死を詠んだ連作の最初と最後の作品。父へのあからさまな嫌悪に満ちた連作を、深い諦念が縁取っているかのようだ。
精神の比喩のような「さら」という言葉を心に留めながら、この作品集の引力の中にいる。或いは生にも死にも通じる言葉なのかもしれない。表題になった一首の中にも、その感触が潜んでいるような気がした。

ゆきふるという名前持つ男の子わたしの奥のお座敷にいる

（「未来」二〇一六年五月号）

生きるエネルギー
――歌集『ゆきふる』評

盛田　志保子

病気のことがずっと出てくるが、感想として痛々しいという言葉は出てこない。痛みはあるが、痛々しいという言葉はにつかわしくない。おかしな言い方だが、読んでいて変な気を使わなかった。歌集を読むことはお見舞いにいくことではないのだ。

鏡さえ割れる自由のあることを　波頭きらめき打ち寄せてくる
雲うすくなりつつ夏の終わりにて生まれる時にかなしかったか

自分をみつめて自分を歌う「歌い方」に、年齢というものはない。あきらめない。それは生きるエネルギーだと思う。自分のものであって自分のものでない、自分の体。

イグアスの滝をあなたが見た時にわたしはちょうど吐いていました
屈託があるのではなく屈託がわたくしであるだから今いる

小川さんの歌の魅力のひとつは、大人であることと、初々しくむき出しの青い魂ともいうべきものが同居していて、そのどちらもが、なんのてらいもなく詠われ輝いていることだ。無防備に、ときにひねたように、不機嫌も不条理も歌にしていく。だから優しい。四季があり、植物があり、町や通りの名前があり、思い出や人がいる。同じように自分の体、臓器、傷、はらわたもある。そしてそれらはすぐ手に届くようで、実は何一つ思い通りにはならない。

はらわたは勝手に助け合っている頭上に雲の晴れない時も

身体《わたくし》はノンフィクションであるような気がする秋の朝に目覚めて

生きるエネルギーが、短歌によって生まれ支えられたものかもしれないと思うとき、そのエネルギーによってまた次の歌が生まれる。読む側も力をもらう。そんな歌集だと思う。

（「未来」二〇一七年四月号）

秋の王国

錦見映理子

おしゃれしてパーティに行った。敬愛する先輩の授賞式があったのだ。

小川佳世子さんとは、「未来」の新年会で一緒に歌会の司会をさせていただいたことがある。司会だから発言時間を制限しなくてはならない場面もあるのだが、「先生たちに『早く』なんて、私とても言えない」と始まる前に顔を曇らせていらして、年上なのに初々しく、能楽の研究者であるインテリぶりもまるで感じさせないところが魅力的だった。

ながらみ書房出版賞を受賞された『ゆきふる』は小川さんの第二歌集だ。

わが腹に触りし後に消毒の液に君が手浸す音聞く

小川佳世子『ゆきふる』

カーテンを開けて朝ごと来る人を待つ平安の宮廷のよう　　　　同

さくときもきかないときもさくらの木　パジャマの時のほんとうの恋　　　　同

この歌集には病院での場面が数多く詠まれ、幼少期に臓器を失ったことやその後もいくつもの病気に見舞われたらしいことがわかるのだが、具体的な病名などは一切歌の中には出てこない。一首目では医師に恋心を抱く主体の感受性の鋭敏さを切り取ってみせ、二首目ではベッドを仕切るカーテンを平安時代の女性を隠す御簾《みす》になぞらえ、三首目では花ばかり愛でられる桜の「さかないとき」と「パジャマの時」の自分を重ねてみせる。結句に置かれた「ほんとうの恋」には、病苦よりも内面のロマンを詠もうとする意思が感じられる。

授賞式で壇上にあがった小川さんは、歩くのも大変そうに見えた。けれど、受賞の言葉を述べる声はしっかりしていて、笑いを誘いながら語るのに引き込まれた。病気が辛いことをわかってほしいという気持ちもあったんですけれど、と小川さんは言った。でも、「未来」入会の際に「芸術としての短歌を書きたい」と岡井先生に思い詰めたように告げたとき、「短歌は文芸だから。そう肩に力を入れずにおやりなさい」と言われたことから、自分なりの「芸」を目指そうとした、という話をされたのだった。

劇薬を受け取りそばに置きしまま冷えし弁当ひとり食べおり　　　　同

とりあえず出さなくなりし封書よりやぶれぬように鳩をはがしぬ　　　　同

孤独な場面でありつつ「食べおり」の結句には生命力を感じる。出さなくなった事情や屈託より、小さな「鳩」をはがすことを大切にする二首目もいい。「とりあえず」から「やぶれぬように」への流れ方に芸がある。

いたいならやめてと言えば良かったと言うな
壁には耳がないのだ　　　　　　　　　　同

この歌にも具体的な出来事は何も書かれていないが、上の句からはハラスメント的な事柄の気配がする。そう考えると「言うな」の強さは際立ち、「壁には耳がないのだ」という声は鋭い。自愛に溺れない、小川さんの歌の強さが好きだ。どう書けば芸になるかを考え抜くことで、強さが表れてくるのだろう。

あたらしい傷をふやしてしまってもわたしの
からだ　秋の王国　　　　　　　　　　　同

（「ＮＨＫ短歌」二〇一六年一〇月号）

小川佳世子歌集　　現代短歌文庫第142回配本

2018年11月21日　初版発行

著　者　小 川 佳 世 子
発行者　田 村 雅 之
発行所　砂 子 屋 書 房
〒101-0047 東京都千代田区内神田3-4-7
電話　03－3256－4708
Fax　03－3256－4707
振替　00130－2－97631
http://www.sunagoya.com

装本・三嶋典東　　落丁本・乱丁本はお取替いたします

現代短歌文庫

（　）は解説文の筆者

①三枝浩樹歌集
『朝の歌』全篇

②佐藤通雅歌集（細井剛）
『薄明の谷』全篇

③高野公彦歌集（河野裕子・坂井修一）
『汽水の光』全篇

④三枝昂之歌集（山中智恵子・小高賢）
『水の覇権』全篇

⑤阿木津英歌集（笠原伸夫・岡井隆）
『紫木蓮まで・風舌』全篇

⑥伊藤一彦歌集（塚本邦雄・岩田正）
『瞑鳥記』全篇

⑦小池光歌集（大辻隆弘・川野里子）
『バルサの翼』『廃駅』全篇

⑧石田比呂志歌集（玉城徹・岡井隆他）
『無用の歌』全篇

⑨永田和宏歌集（高安国世・吉川宏志）
『メビウスの地平』全篇

⑩河野裕子歌集（馬場あき子・坪内稔典他）
『森のやうに獣のやうに』『ひるがほ』全篇

⑪大島史洋歌集（田中佳宏・岡井隆）
『藍を走るべし』全篇

⑫雨宮雅子歌集（春日井建・田村雅之他）
『悲神』全篇

⑬稲葉京子歌集（松永伍一・水原紫苑）
『ガラスの檻』全篇

⑭時田則雄歌集（大金義昭・大塚陽子）
『北方論』全篇

⑮蒔田さくら子歌集（後藤直二・中地俊夫）
『森見ゆる窓』全篇

⑯大塚陽子歌集（伊藤一彦・菱川善夫）
『遠花火』『酔芙蓉』全篇

⑰百々登美子歌集（桶谷秀昭・原田禹雄）
『盲目木馬』全篇

⑱岡井隆歌集（加藤治郎・山田富士郎他）
『鵞卵亭』『人生の視える場所』全篇

⑲玉井清弘歌集（小高賢）
『久露』全篇

⑳小高賢歌集（馬場あき子・日高堯子他）
『耳の伝説』『家長』全篇

㉑佐竹彌生歌集（安永蕗子・馬場あき子他）
『天の螢』全篇

㉒太田一郎歌集（いいだもも・佐伯裕子他）
『墳』『蝕』『獵』全篇

現代短歌文庫

（　）は解説文の筆者

㉓春日真木子歌集（北沢郁子・田井安曇他）
『野菜涅槃図』全篇

㉔道浦母都子歌集（大原富枝・岡井隆）
『無援の抒情』『水憂』『ゆうすげ』全篇

㉕山中智恵子歌集（吉本隆明・塚本邦雄他）
『夢之記』全篇

㉖久々湊盈子歌集（小島ゆかり・樋口覚他）
『黒鍵』全篇

㉗藤原龍一郎歌集（小池光・三枝昻之他）
『夢みる頃を過ぎても』『東京哀傷歌』全篇

㉘花山多佳子歌集（永田和宏・小池光他）
『樹の下の椅子』『楕円の実』全篇

㉙佐伯裕子歌集（阿木津英・三枝昻之他）
『未完の手紙』全篇

㉚島田修三歌集（筒井康隆・塚本邦雄他）
『晴朗悲歌集』全篇

㉛河野愛子歌集（近藤芳美・中川佐和子他）
『黒羅』『夜は流れる』『光ある中に』（抄）他

㉜松坂弘歌集（塚本邦雄・由良琢郎他）
『春の雷鳴』全篇

㉝日高堯子歌集（佐伯裕子・玉井清弘他）
『野の扉』全篇

㉞沖ななも歌集（山下雅人・玉城徹他）
『衣裳哲学』『機知の足首』全篇

㉟続・小池光歌集（河野美砂子・小澤正邦）
『日々の思い出』『草の庭』全篇

㊱続・伊藤一彦歌集（築地正子・渡辺松男）
『青の風土記』『海号の歌』全篇

㊲北沢郁子歌集（森山晴美・富小路禎子）
『その人を知らず』を含む十五歌集抄

㊳栗木京子歌集（馬場あき子・永田和宏他）
『水惑星』『中庭』全篇

㊴外塚喬歌集（吉野昌夫・今井恵子他）
『喬木』全篇

㊵今野寿美歌集（藤井貞和・久々湊盈子他）
『世紀末の桃』全篇

㊶来嶋靖生歌集（篠弘・志垣澄幸他）
『笛』『雷』全篇

㊷三井修歌集（池田はるみ・沢口芙美他）
『砂の詩学』全篇

㊸田井安曇歌集（清水房雄・村永大和他）
『木や旗や魚らの夜に歌った歌』全篇

㊹森山晴美歌集（島田修二・水野昌雄他）
『グレコの唄』全篇

現代短歌文庫

（　）は解説文の筆者

㊺上野久雄歌集（吉川宏志・山田富士郎他）
『夕鮎』抄、『バラ園と鼻』抄他

㊻山本かね子歌集（蒔田さくら子・久々湊盈子他）
『ものどらま』を含む九歌集抄

㊼松平盟子歌集（米川千嘉子・坪内稔典他）
『青夜』『シュガー』全篇

㊽大辻隆弘歌集（小林久美子・中山明他）
『水廊』『抱擁韻』全篇

㊾秋山佐和子歌集（外塚喬・一ノ関忠人他）
『羊皮紙の花』全篇

㊿西勝洋一歌集（藤原龍一郎・大塚陽子他）
『コクトーの声』全篇

51 青井史歌集（小高賢・玉井清弘他）
『月の食卓』全篇

52 加藤治郎歌集（永田和宏・米川千嘉子他）
『昏睡のパラダイス』『ハレアカラ』全篇

53 秋葉四郎歌集（今西幹一・香川哲三）
『極光―オーロラ』全篇

54 奥村晃作歌集（穂村弘・小池光他）
『鴇色の足』全篇

55 春日井建歌集（佐佐木幸綱・浅井愼平他）
『友の書』全篇

56 小中英之歌集（岡井隆・山中智恵子他）
『わがからんどりえ』『翼鏡』全篇

57 山田富士郎歌集（島田幸典・小池光他）
『アビー・ロードを夢みて』『羚羊譚』全篇

58 続・永田和宏歌集（岡井隆・河野裕子他）
『華氏』『饗庭』全篇

59 坂井修一歌集（伊藤一彦・谷岡亜紀他）
『群青層』『スピリチュアル』全篇

60 尾崎左永子歌集（伊藤一彦・栗木京子他）
『彩紅帖』全篇『さるびあ街』（抄）他

61 続・尾崎左永子歌集（篠弘・大辻隆弘他）
『春雪ふたたび』『星座空間』全篇

62 続・花山多佳子歌集（なみの亜子）
『草舟』『空合』全篇

63 山埜井喜美枝歌集（菱川善夫・花山多佳子他）
『はらりさん』全篇

64 久我田鶴子歌集（高野公彦・小守有里他）
『転生前夜』全篇

65 続々・小池光歌集
『時のめぐりに』『滴滴集』全篇

66 田谷鋭歌集（安立スハル・宮英子他）
『水晶の座』全篇

現代短歌文庫

（　）は解説文の筆者

67 今井恵子歌集（佐伯裕子・内藤明他）
『分散和音』全篇

68 続・時田則雄歌集（栗木京子・大金義昭）
『夢のつづき』『ペルシュロン』全篇

69 辺見じゅん歌集（馬場あき子・飯田龍太他）
『水祭りの桟橋』『闇の祝祭』全篇

70 続・河野裕子歌集
『家』全篇、『体力』『歩く』抄

71 続・石田比呂志歌集
『孑孑』『忘八』『涙壺』『老猿』『春灯』抄

72 志垣澄幸歌集（佐藤通雅・佐佐木幸綱）
『空壜のある風景』全篇

73 古谷智子歌集（来嶋靖生・小高賢他）
『神の痛みの神学のオブリガード』全篇

74 大河原惇行歌集（田井安曇・玉城徹他）
未刊歌集『昼の花火』全篇

75 前川緑歌集（保田與重郎）
『みどり抄』全篇、『麥穂』抄

76 小柳素子歌集（来嶋靖生・小高賢他）
『獅子の眼』全篇

77 浜名理香歌集（小池光・河野裕子）
『月兎』全篇

78 五所美子歌集（北尾勲・島田幸典他）
『天姥』全篇

79 沢口芙美歌集（武川忠一・鈴木竹志他）
『フェベ』全篇

80 中川佐和子歌集（内藤明・藤原龍一郎他）
『海に向く椅子』全篇

81 斎藤すみ子歌集（菱川善夫・今野寿美他）
『遊楽』全篇

82 長澤ちづ歌集（大島史洋・須藤若江他）
『海の角笛』全篇

83 池本一郎歌集（森山晴美・花山多佳子）
『未明の翼』全篇

84 小林幸子歌集（小中英之・小池光他）
『枇杷のひかり』全篇

85 佐波洋子歌集（馬場あき子・小池光他）
『光をわけて』全篇

86 続・三枝浩樹歌集（雨宮雅子・里見佳保他）
『みどりの揺籃』『歩行者』全篇

87 続・久々湊盈子歌集（小林幸子・吉川宏志他）
『あらばしり』『鬼龍子』全篇

88 千々和久幸歌集（山本哲也・後藤直二他）
『火時計』全篇

現代短歌文庫

(89) 田村広志歌集（渡辺幸一・前登志夫他）
『島山』全篇

(90) 入野早代子歌集（春日井建・栗木京子他）
『花凪』全篇

(91) 米川千嘉子歌集（日高堯子・川野里子他）
『夏空の櫂』『一夏』全篇

(92) 続・米川千嘉子歌集（栗木京子・馬場あき子他）
『たましひに着る服なくて』『一葉の井戸』全篇

(93) 桑原正紀歌集（吉川宏志・木畑紀子他）
『妻へ。千年待たむ』全篇

(94) 稲葉峯子歌集（岡井隆・美濃和哥他）
『杉並まで』全篇

(95) 松平修文歌集（小池光・加藤英彦他）
『水村』全篇

(96) 米口實歌集（大辻隆弘・中津昌子他）
『ソシュールの春』全篇

(97) 落合けい子歌集（栗木京子・香川ヒサ他）
『じゃがいもの歌』全篇

(98) 上村典子歌集（武川忠一・小池光他）
『草上のカヌー』全篇

(99) 三井ゆき歌集（山田富士郎・遠山景一他）
『能登往還』全篇

（　）は解説文の筆者

(100) 佐佐木幸綱歌集（伊藤一彦・谷岡亜紀他）
『アニマ』全篇

(101) 西村美佐子歌集（坂野信彦・黒瀬珂瀾他）
『猫の舌』全篇

(102) 綾部光芳歌集（小池光・大西民子他）
『水晶の馬』『希望園』全篇

(103) 金子貞雄歌集（津川洋三・大河原惇行他）
『邑城の歌が聞こえる』全篇

(104) 続・藤原龍一郎歌集（栗木京子・香川ヒサ他）
『嘆きの花園』『１９××』全篇

(105) 遠役らく子歌集（中野菊夫・水野昌雄他）
『白馬』全篇

(106) 小黒世茂歌集（山中智恵子・古橋信孝他）
『猿女』全篇

(107) 光本恵子歌集（疋田和男・水野昌雄）
『薄氷』全篇

(108) 雁部貞夫歌集（堺桜子・本多稜）
『崑崙行』抄

(109) 中根誠歌集（来嶋靖生・大島史洋雄他）
『境界』全篇

(110) 小島ゆかり歌集（山下雅人・坂井修一他）
『希望』全篇

現代短歌文庫

（　）は解説文の筆者

⑪木村雅子歌集（来嶋靖生・小島ゆかり他）
『星のかけら』全篇

⑫藤井常世歌集（菱川善夫・森山晴美他）
『氷の貌』全篇

⑬続々・河野裕子歌集
『季の栞』『庭』全篇

⑭大野道夫歌集（佐佐木幸綱・田中綾他）
『春吾秋蟬』全篇

⑮池田はるみ歌集（岡井隆・林和清他）
『妣が国大阪』全篇

⑯続・三井修歌集（中津昌子・柳宣宏他）
『風紋の島』全篇

⑰王紅花歌集（福島泰樹・加藤英彦他）
『夏暦』全篇

⑱春日いづみ歌集（三枝昻之・栗木京子他）
『アダムの肌色』全篇

⑲桜井登世子歌集（小高賢・小池光他）
『夏の落葉』全篇

⑳小見山輝歌集（山田富士郎・渡辺護他）
『春傷歌』全篇

㉑源陽子歌集（小池光・黒木三千代他）
『透過光線』全篇

㉒中野昭子歌集（花山多佳子・香川ヒサ他）
『草の海』全篇

㉓有沢螢歌集（小池光・斉藤斎藤他）
『ありすの杜へ』全篇

㉔森岡貞香歌集
『白蛾』『珊瑚數珠』『百乳文』全篇

㉕桜川冴子歌集（小島ゆかり・栗木京子他）
『月人壮子』全篇

㉖柴田典昭歌集（小笠原和幸・井野佐登他）
『樹下逍遙』全篇

㉗続・森岡貞香歌集
『黛樹』『夏至』『敷妙』全篇

㉘角倉羊子歌集（小池光・小島ゆかり）
『テレマンの笛』全篇

㉙前川佐重郎歌集（喜多弘樹・松平修文他）
『彗星紀』全篇

㉚続・坂井修一歌集（栗木京子・内藤明他）
『ラビュリントスの日々』『ジャックの種子』全篇

㉛新選・小池光歌集
『静物』『山鳩集』全篇

㉜尾崎まゆみ歌集（馬場あき子・岡井隆他）
『微熱海域』『真珠鎖骨』全篇

現代短歌文庫

133 続々・花山多佳子歌集（小池光・澤村斉美）
『春疾風』『木香薔薇』全篇

134 続・春日真木子歌集（渡辺松男・三枝昂之他）
『水の夢』全篇

135 吉川宏志歌集（小池光・永田和宏他）
『夜光』『海雨』全篇

136 岩田記未子歌集（安田章生・長沢美津他）
『日月の譜』を含む七歌集抄

137 糸川雅子歌集（武川忠一・内藤明他）
『水螢』全篇

138 梶原さい子歌集（清水哲男・花山多佳子他）
『リアス／椿』全篇

139 前田康子歌集（河野裕子・松村由利子他）
『色水』全篇

140 内藤明歌集（坂井修一・山田富士郎他）
『海界の雲』『斧と勾玉』全篇

141 続・内藤明歌集（島田修三・三枝浩樹他）
『夾竹桃と葱坊主』『虚空の橋』全篇

（以下続刊）

水原紫苑歌集
馬場あき子歌集
石井辰彦歌集

篠弘歌集
黒木三千代歌集

（　）は解説文の筆者